長編小説

とろめきの終着駅

葉月奏太

竹書房文庫

目次

※この作品は竹書房文庫のために
書き下ろされたものです。

第一章　わけありの人妻

1

十月も半ばを過ぎて、すっかり冷えこんできた。今朝は初雪がちらつき、まだ積もってはいないが冬の到来を実感した。

ここは北海道のとある田舎《いなか》町だ。道北地方の海沿いで、毎年二月になると流氷を見ることができる。とはいえ、観光客は砕氷《さいひょう》船が発着する隣町に集中するため、この町はいつ来ても静かだった。

高杉謙治《たかすぎけんじ》は岬の近くにある駅に勤務している駅員だ。

最果ての終着駅で、駅舎は木造の平屋でこぢんまりしている。真冬になると雪に埋もれてしまいそうな小さな駅だ。

電車は一日に三往復だけ。単線で一両編成という超ローカル線で、毎年廃線が検討されている。地元住民の反対があり、かろうじて残っているが、いつなくなってもおかしくない路線だった。

謙治は三十六歳、駅員になって十一年になる。

寂《さび》れた終着駅で何百本も電車を迎えて、同じ数だけ送り出してきた。乗客はほとんどが地元の住民で顔見知りだった。

駅の勤務は基本的にひとりだ。謙治が休みの日は、別の駅から代わりの者が来ることになっている。寡黙《かもく》で生真面目な性格が合っていたのか、話し相手がいなくても苦痛に感じたことはない。さすがに真冬の朝は寒さがこたえるが、地道に業務をこなしてきた。

独り身なので、アパートと駅舎を往復するだけの単調な生活を送っている。趣味と呼べるほどのものはなく、たまに飲む芋焼酎が唯一の息抜きだ。だが、仕事の前日は万が一にも寝坊できないので飲まないようにしていた。

この日も朝の点検業務を終えると、駅の鍵を開けてホームに立った。

濃紺のジャケットに身を包み、制帽をかぶってまっすぐ伸びる線路を見つめる。朝一番の電車を迎えて、再び無事に送り出すのが謙治の役目だ。

しばらくするとダイヤどおりに電車がやってきた。焦《こ》げ茶に塗装された車両は、以前、札幌で使われていたものだと聞いている。この赤字路線に新しい車両がまわってくることはまずなかった。

電車がスピードを落としてゆっくり停車する。

エアコンプレッサーのプシュウッという大きな音とともにドアが開いた。この時間に降りてくる客はまずいない。折り返しの始発は朝七時半発で、停車時間は十五分ほどあった。

「お疲れさまです」

謙治はベテランの運転士に挨拶すると、すぐに改札へと移動した。

やがて町の人たちがぱらぱらとやってくる。通勤客がほとんどなので、顔ぶれはほぼ決まっていた。

「おはよう。寒いね」

「今朝も冷えるな」

「よう、ケンちゃん」

誰もが気軽に声をかけてくれる。

そういうときでも謙治は表情を緩めることはない。目礼《もくれい》するだけで、口もとは引き締めたままだった。

そんな謙治であったが、心のなかではある人が来るのを待っていた。

改札から駅舎の外に視線を向ける。小さなロータリーの向こうに道路があり、周囲には雑草が生《お》い茂る荒れ地がひろがっていた。

やがてひとりの女性が現れて、こちらに向かって歩いてくる。

川越小百合《かわごえさゆり》、三十六歳の未亡人だ。隣町にある小さな会社で事務員をしている。電車で通勤しているので、朝と晩、必ず顔を合わせていた。

小百合の姿を目にした瞬間、謙治はふいに体温が上昇するのを自覚した。

この日の小百合はグレーのスーツにコートを羽織っていた。肩先でセミロングの黒髪が揺れている。スカートの裾《すそ》からのぞくほっそりした脚はナチュラルベージュのストッキングに包まれて、足首がキュッと締まっていた。

目尻が少しさがったやさしげな顔立ちで、どこかほっとする雰囲気が全身から漂っている。謙治は制帽の鍔《つば》にそっと触れてかぶり直すと、さりげなさを装って彼女を迎えた。

「謙治くん、おはよう」

小百合が涼やかな声で挨拶してくれる。いつものように謙治の目をまっすぐ見つめて、口もとに微笑を浮かべていた。

「おはよう……ございます」

謙治も挨拶するが、どうしても声が硬くなってしまう。仕事中は敬語を心がけているため、なおさら他人行儀になっていた。

改札をとおりすぎる小百合の後ろ姿を思わず目で追っていた。

わずか数秒の出来事だが、胸が熱くなる瞬間だ。謙治は小百合のことを密《ひそ》かに想っている。子供のころからの知り合いだが、気持ちを打ち明けることなく、長い時間が流れていた。

小百合の亡くなった夫、川越志郎《しろう》は謙治の親友だった。

志郎が急逝して十年になる。しかし、何年経っても、小百合が親友の妻だった事実に変わりはない。それを思うと躊躇《ちゅうちょ》してしまう。一途に想いつづけているが、志郎を裏切るようなことはできなかった。

小百合と志郎、それに謙治は幼なじみだ。物心ついたころから知っており、とくに高校時代はいつも三人いっしょだった。

放課後は遅くまで教室に残って、たわいない話をした。毎日よくそんなに話題があったと思うが、当時は飽きることなくおしゃべりに興じていた。夕日が差しこむ教室で、志郎と謙治がふざけ合うのを小百合が微笑みながら見つめている。そんな光景が脳裏に焼きついていた。

冬になると毎年三人で流氷を見に行った。地元住民にとって、流氷はめずらしいものではない。それでも仲のいい友だちと出かけるのが楽しかった。岬の突端まで歩いて、オホーツク海を埋めつくす流氷を眺めた。

大海原に流氷が押し寄せて、ひしめき合う光景は圧巻だ。しかし、謙治は小百合の横顔ばかり見つめていた。

隣町に遊びに行くことも多かった。とはいっても商店街をぶらぶらしたり、せいぜい映画を観るくらいだ。それでも、まだ高校生だった謙治たちにとっては、最高に楽しい時間だった。

一度、隣町の工業高校の連中にからまれたことがある。路地裏に連れこまれて、金を出せと脅された。不良たちに囲まれて生きた心地がしなかった。あのとき、志郎が目で語りかけてきた。

――小百合ちゃんを連れて逃げろ。

志郎を残して逃げるのは気が引けたが、小百合を守るのが最優先だ。日頃からふたりで話していたことだった。なにかあったときは、俺たちで小百合を守ると約束していたのだ。

志郎は自ら囮役《おとり》を買って出た。ポケットをまさぐり、財布を探しているふりをして男たちの気を引いた。その隙に謙治は小百合の手を握って全力で走った。通りに出るなり、大声で助けを求めた。騒ぎに気づいた人たちが集まってきて、不良たちは大慌てで逃げていった。

志郎は殴られていたが、軽い打撲だけですんだ。彼の勇気が小百合を救った。いざというときは頼りになる男だった。

（志郎……今は俺が……）

心のなかで志郎に語りかける。

謙治は高校生のときに親友と交わした「俺たちで小百合ちゃんを守る」という約束を思い出していた。

腕時計で時間を確認して、改札からホームへと移動する。

そろそろ出発の時間だ。乗客は全員乗車して、すでに席についている。窓から小百合の姿も見えていた。

「乗降よし。安全よし」

ホームの前後を見渡して指差喚呼を行う。しっかり指で示して声に出すのは、安全確認の基本中の基本だ。

気を抜かず、柱に取りつけられたスイッチを押して発車ベルを鳴らす。十一年にわたる業務で、すべての動作が体に染みついていた。

ドアが閉まり、電車がゆっくり動き出す。ホームから離れて、少しずつ速度をあげていく。まっすぐ伸びている線路を電車が遠ざかり、やがて豆粒のように小さくなって見えなくなった。

こうして小百合が乗った電車を見送るたび、二度と会えなくなるのではと不安になる。彼女は近くにいながら、じつに遠い存在だった。

恋心をはっきり自覚したのは高校生になってからだ。

しかし、告白して断られたときのことを考えると、思いきって踏み出す勇気がなかった。これまでの仲良し三人組の関係が崩れてしまうのが怖くて、どうしても告白できずにいた。

やがて高校三年になると、それぞれ進路のことを考えるようになる。志郎は就職組で、小百合は地元の短大を希望しており、謙治は東京の大学に進学するつもりで勉強していた。

じつは受験が終わったら告白するつもりだった。

遠距離恋愛になるが構わない。離ればなれになる前に、小百合に気持ちを伝えようと決めていた。

ところが、先に志郎が告白して、ふたりはつき合いはじめてしまった。

志郎と恋愛の話をしたことはない。何度か相談しようと思ったことはあるが、どうしても切り出せなかった。三人の距離が近すぎたため、そのなかでつき合ってはいけない気がした。

しかし、先を越されたと知ってショックを受けた。まさか小百合と志郎が交際するなど、想像すらしていなかった。

(俺が先に告白していたら……)

今さら意味のないことだとわかっているが、どうしても考えてしまう。

小百合が受け入れてくれたかどうかはわからない。それでも、なにもせずに取られるなら、告白して断られたほうがましだった。

謙治は傷心のまま、故郷を出て東京の大学に進学した。

志郎は高校を出ると、地元で駅員になる道を選んだ。小百合は地元の短大に進み、卒業後は隣町の会社に就職した。その後も交際は順調につづいたと聞いている。そして、ふたりは二十一歳のときに結婚した。

結婚披露宴に招待されて久しぶりに帰省したが、ふたりの幸せな姿を見るのはつらかった。当時、謙治はまだ大学生だったため、自分だけ取り残されてしまった感覚に襲われた。

嫉妬に駆られている自分がいやでたまらず、懸命に祝っているふりを装った。しかし、心のなかではずっと泣いていた。

以来、ほとんど帰省していない。ふたりの仲睦《むつ》まじい姿を見たくなかった。

大学卒業後は、そのまま東京で就職した。小さな商社で営業社員として働いていたが、どうしても都会になじめなかった。つらい日々で疲弊して、田舎に戻りたいと思うようになっていた。

転機が訪れたのは二十五歳のときだった。

両親が病気で立てつづけに亡くなり、残された実家や土地の相続の件などで生まれ故郷へ戻ることにした。今にして思えば、東京を離れるきっかけがほしかったのかもしれない。辞表を出すことに、なんの躊躇もなかった。

地元に戻ると、すぐに志郎が声をかけてくれた。謙治のほうからは連絡を取っていなかったにもかかわらず、ちょうど欠員が出たから駅員をやらないかと仕事を紹介してくれたのだ。

まったく当てがなかった謙治にとって、これほどありがたい話はなかった。田舎は仕事が少ないので、志郎がいなければどうなっていたかわからない。このとき、持つべきものは友だと実感した。

ところが、翌年、志郎は癌に冒されていることが発覚して、あっという間に逝《い》ってしまった。親友の早すぎる死を受け入れられず、謙治は胸にぽっかり穴が空いたような喪失感に苛まれた。

しかし、本当につらいのは謙治ではない。小百合は二十六歳の若さで未亡人になったのだ。突然、最愛の夫を失った彼女の悲しみは計り知れない。葬式で見た彼女の顔は、いまだにはっきり覚えていた。

黒髪を結いあげて、黒紋付に身を包んでいた。白いうなじに後《おく》れ毛が数本垂れかかっていたのを鮮明に記憶している。

泣き崩れるわけでもなく、まるで魂《たましい》が抜けてしまったように呆然としていた。目の焦点が合わず、憔悴《しょうすい》しきっていた姿が忘れられない。

以来、十年間、謙治は小百合のことを見守ってきた。

高校時代のように談笑することも、流氷を見に行くことも、隣町へ遊びに行くこともない。ときどき駅の改札で立ち話をするくらいだ。それでも、彼女の近くにいられることが喜びだった。毎朝、彼女の顔を見るだけで心が温かくなった。

もちろん、できることなら自分だけのものにしたいという気持ちもある。だが、それは親友を裏切ることになる気がした。

実際のところ、謙治が入りこむ余地はない。

小百合は夫を亡くしたあとも、姓を戻していない。志郎のことを想いつづけているなによりの証拠だった。

2

電車は一日に三往復だけの超ローカル線でも、駅員は謙治ひとりなのでやることはたくさんある。機器類の点検と駅周辺の安全確認、さらにはポスターの張り替えや事務作業なども、電車が来ない間に行っておく。

電話の問い合わせや、定期券販売などの窓口業務にも対応しなければならない。さらにはホームや駅舎、トイレの清掃作業も大切な仕事だ。都心部の駅なら清掃業者が入るが、ここでは駅員がすべてやらなければならなかった。

忙しく業務をこなすうちに、いつしか正午をまわっていた。

もうすぐ電車が到着する。そろそろ乗客がやってくるはずだ。改札に向かうと、ちょうど近所に住んでいるお年寄りがやってきた。

「ケン坊、元気かい」

ただでさえ皺《しわ》だらけの顔をくしゃっと歪めて笑いかけてくる。謙治が幼いころから知っている腰の曲がった老婆で、もう八十を越えているはずだ。いつも膝が痛い、腰が痛いと愚痴っているため、いまだに「ケン坊」と呼ばれていた。いつも膝が痛い、腰が痛いと愚痴っているが、週に一度は隣町のデパートに出かけるので元気なのだろう。

「お荷物、お持ちしましょうか」

謙治が声をかけると、老婆は右手を小さく振った。

「年寄り扱いするんじゃないよ。まだまだケン坊の世話にはならないよ」

お決まりのやり取りだ。この台詞《せりふ》が出るうちは大丈夫だろう。腰は曲がっていても、足取りはしっかりしていた。

老婆の他に数人の客がやってきてホームに向かった。

あと数分で電車が到着する。謙治もホームに移動すると、線路の遥か彼方に電車が見えた。まるで小豆《あずき》のように小さかった焦げ茶の車両がゆっくり近づき、徐々に大きくなってきた。

「安全よし」

しっかり安全確認を行って、電車をホームに迎え入れる。運転士と目が合い、軽く目礼を交わした。

数人の客が降りて、先ほど改札を通過した人たちが乗車する。全員が座席につくのを確認してから、今度は発車の安全確認を行う。駆けこみ乗車はまずないが、念のため改札にも注意を払いながら発車ベルを鳴らした。

(よし……)

電車を見送ると、謙治はひとり小さくうなずいて事務所に向かった。

ようやく休憩だ。窓口のすぐ横にあるドアを開いて事務所に入る。スチール机と本棚、それにミニキッチンがあるだけの殺風景な空間だ。

謙治はいつものようにやかんを火にかけてお茶の準備をする。

休憩とはいえ、電話の応対と窓口業務があるので、事務所を離れるわけにはいかない。謙治はいつも弁当を持参していた。弁当箱に白いご飯をつめて、梅干しと海苔を乗せただけの簡単なものだ。面倒なときはカップ麺を持ってくることもある。腹さえ満たせればなんでもよかった。

熱い緑茶を淹《い》れると、制帽を取って椅子に腰かける。のんびり食べるのは性《しょう》に合わない。急いで弁当をかきこみ、緑茶で流しこんだ。

幸い電話が鳴ることはなく、窓口に来る客もいなかった。もう一杯、緑茶を淹れて一服した。

腹を満たしたことで睡魔が襲ってくるが、ひとりなので昼寝をするわけにはいかない。事務所の奥に宿直室があるが、普段使うことはなかった。大雪の予報が出ているときだけ、遅刻できないので前日から寝泊まりしていた。

午後はホームの清掃をして、そのあと、建て付けが悪かった駅舎正面の引き戸を修理した。その他、細々《こまごま》したことをやっているうちに、あっという間に午後五時半をまわっていた。

もうすぐ最終電車が到着して、折り返し午後六時に出発する。朝、出勤した人たちがこの電車で帰ってくるが、この駅から出る最終電車に乗車する人はほとんどいない。乗客のいない電車を送るのが一日の最後の仕事だった。

ホームに出て、まっすぐ伸びる線路を見やる。西の空はかろうじてオレンジに染まっているが、すでにあたりは暗くなっていた。

しばらくすると、遠くに電車の前照灯が見えてくる。やがて、暗闇から焦げ茶の車両が現れて、ゆっくりこちらに近づいてきた。

いつもどおり電車を迎え入れると、運転士に目礼する。エアコンプレッサーの大きな音とともにドアが開いた。

謙治は急いで改札へと移動する。顔なじみの乗客たちが降りてきて、次々と通りすぎていく。そのなかに小百合の姿もあった。

目が合った瞬間、謙治の胸は熱くなる。だが、互いになにか声をかけるわけでもなく、軽く頭をさげただけだった。

(小百合ちゃん……)

謙治は心のなかで彼女の名を呼び、遠ざかっていく背中を見つめていた。

彼女への想いは何年経っても変わらない。しかし、小百合は亡くなった親友の妻だ。謙治は見守ることしかできなかった。

乗客は全員降りたようだ。最終電車を送るため、再びホームに戻る。すると、木製のベンチにぽつんと座っている女性がいた。

先ほどまでいなかったので、この電車に乗っていたのだろう。うつむいているため茶色がかった髪が顔を隠している。はっきり顔は見えないが、この町の人ではないようだ。隣に大きめのバッグが置いてあるので旅行者かもしれない。

濃紺のフレアスカートを穿き、黒いパーカーを羽織っている。今朝、初雪が降ったことを考えると、あまりにも薄着だった。思いつめたように肩を落としているのも気になった。

とにかく、最終電車を送るため、謙治はホームの端に立った。

「まもなく最終電車が発車いたします。ご乗車になってお待ちください」

アナウンスを流すが、ベンチに腰かけた女性は動かない。もしかしたら、誰かが迎えに来るのを待っているのだろうか。それなら、ベンチに座っているのもわかる気がした。

「お乗りになる方はお急ぎください」

発車時間が迫っている。念のため、もう一度アナウンスを流すが、彼女は顔すらあげなかった。

ベンチに座っている女性を気にしながら発車ベルを鳴らした。

ドアが閉まり、電車がゆっくり走り出す。ホームを離れて徐々に遠ざかり、やがて暗闇のなかに消えていく。先ほどまでオレンジだった西の空も、すでにまっ暗になっていた。

あとは駅を閉めて、日報をつけたら本日の業務は終了だ。

しかし、彼女はいつまでベンチにいるつもりだろうか。もう町に戻る電車はない。

駅を閉められないので、先に日報を書くことにした。

事務所に戻り、今日一日の業務内容を日報に記入していく。慣れた作業なので、それほど時間はかからない。あとは駅を閉めた時刻を書くだけだ。

腕時計に視線を落とすと、針は六時十五分を指していた。

先ほどの女性は、まだ改札を通っていない。やはり迎えが来るのを待っているのだろうか。

様子を見に行こうと事務所を出ると、夜の冷気がまとわりついてくる。日が落ちたことで、さらに気温がさがっていた。一気に体温が奪われて、謙治は思わず肩をすくめて白い息を吐き出した。

(冷えるな……)

なおさら気になり、早足でホームに向かった。

この寒いなか、彼女はまだベンチに座っていた。先ほどと同じ格好でうつむいており、微動だにしなかった。

「お客さん……」

謙治は歩み寄ると遠慮がちに声をかけた。

「もう最終は出ましたけど、どなたかお迎えに来るんですか？」

「ん……」

彼女の頭が微かに揺れる。顔をあげようとしたのかもしれない。ところが、座った姿勢のまま、身体が横に倒れていく。

「危ないっ」

とっさに手を伸ばして女体を支えた。

身体がすっかり冷えきっている。こんな薄着では当たり前だ。このままホームのベンチに座っていたら、おおげさではなく凍死してしまう。

「大丈夫ですか？」

声をかけるが、彼女はガタガタと震えるばかりだ。唇は青白くなっており、薄目を開けるがまともにしゃべる余裕はなかった。

はじめて彼女の顔がはっきり見えた。年齢は二十代後半といったところか。今は血の気を失っているが、整った顔立ちをしている。目尻がわずかに濡れているのが気にかかった。

「とにかく事務所に行きましょう」

肩を支えて立ちあがらせる。片手には彼女のバッグを持ち、事務所に向かってゆっくり歩きはじめた。

「す……すみません」

蚊の泣くような声だった。足取りはおぼつかず、フラフラしていた。謙治が肩を貸さなければ歩ける状態ではない。そのとき、彼女の膝がガクッと折れた。

「くっ……」

頭で考えるより先に体が動く。腰に手をまわして強く抱き寄せた。

パーカーごしに感じる腰の曲線が艶《なま》めかしい。だが、動揺を顔に出すことなく声をかけた。

「誰か迎えに来るんですか？」

「い……いえ……」

「それなら救急車を呼びますよ」

「そ……それは……」

声がかすれて聞き取りづらい。それでも、彼女の意志は伝わってきた。

「でも、病院で診てもらったほうが」

「す、少し……疲れただけですから……」

大事にしたくない事情があるのかもしれない。身体は冷えきっているが、思ったより意識はしっかりしていた。

いずれにせよ、身体を温めることが先決だ。なんとか事務所にたどり着くと、そのまま奥の宿直室に向かった。

ドアを開けて壁のスイッチを探って明かりを点けた。裸電球の弱々しい光が、窓のない殺風景な空間を照らし出す。そこは床が高くなった三畳の部屋だった。畳はささくれ立っているが、掃除はしてあるので埃《ほこり》は落ちていない。壁ぎわに敷き布団と毛布が畳んで置いてあった。

「ちょっとだけ待っててください」

彼女を座らせると、急いで布団を敷いて枕を置いた。

「横になれますか。すぐに部屋を暖めます」

手を貸して彼女を布団に横たえる。毛布と掛け布団をかけると、事務所で使っていた反射式の石油ストーブを持ってきた。宿直室は三畳しかないので、この小さなストーブでも充分暖まるはずだ。

「休んでいてください。今、お茶を淹れてきます」

謙治は事務所に戻ると、やかんを火にかけてお茶の準備をした。

不測の事態に慌てながらも、必死にやるべきことを考える。本来なら救急車を呼ぶべきだろう。しかし、彼女の様子が気にかかった。

この町に知り合いがいるわけではないようだ。それなのに、こんな時間に女性がひとりでいるのは不自然な気がした。

(もしかしたら……)

自殺志願者かもしれない。

過去にも怪しい人に会ったことがある。思いつめた顔をしていたので、さりげなく声をかけた。すると、話しているうちに気が変わったのか、最終電車に乗って帰っていった。

ここは寂れた町の終着駅だ。悩みを抱えた人がふらりと電車に乗り、流れ着くのもわかる気がした。

もし彼女も悩んでいるのなら、とりあえず親身になって話を聞いてあげるほうがいいのではないか。謙治はそんなことを考えながら熱い緑茶を淹れると、湯飲みを持って宿直室に向かった。

ノックしても返事はない。そっとドアを開けると、彼女は布団を口もとまで引きあげており、こちらをチラリと見あげてきた。

「緑茶です」

謙治は畳に腰かけると、緑茶を布団の横にそっと置いた。

「温まります。飲んでください」

「はい……」

彼女はゆっくり起きあがり、湯飲みを両手で包みこむように持った。

下半身には布団を掛けたまま、肩をすくめてうつむいている。湯飲みで指先を温めながら、湯気を立てているお茶をひと口飲んだ。

よほどおいしく感じたのか、ため息にも似た声が溢れ出す。さらに飲むうちに、彼女の瞳から涙が溢れて頬を伝った。

やはり、ワケありらしい。表情から察するに、かなり深刻そうだ。無理に聞き出そうとせず、彼女が自分から話すのを待ったほうがいいだろう。

「ここは宿直室です。ゆっくりなさっていって結構ですよ。なにかあったら声をかけてください。わたしは事務所のほうにいますから」

謙治が腰を浮かしかけたときだった。

「ひとり旅なんです」

ふいに彼女が口を開いた。

少しは回復したのか、先ほどよりも口調がしっかりしている。とはいえ、声が小さいことに変わりはなかった。

「東京から……ひとりで旅行しています」

念を押すようにくり返す。自殺志願者だと思われたくないのか、あるいは自殺志願者だからこそ、必死にごまかそうとしているのかもしれない。

「宿は取ってあるのですか？」

謙治は慎重に言葉を発した。

この町には宿がひとつしかない。その宿は少し離れた国道沿いにある。町に知り合いがいないのなら、あの宿に泊まるしかなかった。

「予約は……していません」

彼女は視線をそらしてつぶやいた。

ますますおかしい。旅行者がふらりと訪れるような場所ではない。目的もなく、こんな辺鄙《へんぴ》なところに来る理由はなかった。

「宿までは、けっこう歩きますよ」

謙治が声をかけると、彼女はこっくりうなずいた。

それきり沈黙が流れる。彼女は湯飲みを両手で包みこんだまま、なにかを考えこんでいるようだ。反射式石油ストーブが赤々と灯《とも》っており、狭い宿直室を急速に暖めていた。

「もう少し……ここにいてはダメですか」

消え入りそうな声だった。

懇願するように言われると突き放せない。謙治は即座に返事ができず、彼女の瞳を見つめていた。

「ご、ごめんなさい……」

今度は慌てた様子で謝罪する。そして、「ごちそうさま」とつぶやき、湯飲みを畳の上にそっと置いた。

「困りますよね。急にそんなこと言われても」

「なにかあったんですか」

謙治はできるだけ穏やかな声で語りかける。懸命に作り笑顔を浮かべようとする彼女を放っておけなかった。

「どうして……なにかあったと思うんですか」

「もう終電もない。こんなちっぽけな町にひとりで来るなんて、なにかあったとしか思えません」

目を見て語りかけると、彼女は視線をすっとそらした。

「ひとりになりたかったけど……やっぱり、ひとりになりたくなくて……」

絞り出すような声だった。

「わたしの話、聞いてもらってもいいですか」

彼女がそう切り出すと、謙治は静かにうなずいた。彼女はぽつりぽつりと語りはじめた。

三島七海《みしまななみ》、二十八歳の人妻だという。謙治も名前を告げると、あとは聞き役に徹することにした。

「夫は同じ会社の先輩だったんです」

結婚したのは三年前、もともと同じ商社の同じ部署で働いており、七海は結婚を機に退職して専業主婦になった。

夫はふたつ年上で、しかも会社の先輩だったこともあり、いつも上から目線で接してくるらしい。そんなある日、子供ができないことで責められて、夫婦仲にひびが入ったという。

「それでも我慢していたんです」

七海はそこまで話すと、涙が滲《にじ》んだ目もとを指先で拭《ぬぐ》った。

結婚経験のない謙治にはわからない話だ。アドバイスなどできるはずもなく、ただ相づちを打つだけだった。

「昨夜もまた喧嘩になったんです。喧嘩って言っても、夫が一方的に怒るだけなんですけど」

「それで、家出を？」

謙治が口を挟むと、七海は涙ぐんでうなずいた。

「昨夜は一睡もできなくて、今朝、夫が会社に行ってから……とにかく遠くに行きたかったんです」

バッグに服をつめこみ、羽田から飛行機に乗ったという。そして、当てもなく電車を乗り継ぎ、気づくと最果ての駅に流れ着いたらしい。

「そうだったんですか」

こういうとき、どんな言葉をかければいいのだろう。結婚生活を知らないのに、適当なことは言えなかった。

「駅員さん、ご結婚は？」

「いえ……独身です」

一瞬、小百合の顔が脳裏をよぎる。

志郎が彼女に告白しなければ、謙治が想いを告げているはずだった。もし小百合が受け入れてくれたら、ふたりは結婚していた可能性もある。そして、今ごろ仲睦まじく暮らしていたかもしれない。

（いや……）

小さく首を振り、すぐに妄想を打ち消した。

そんなことを考えても意味はない。そもそも小百合に一蹴されていたかもしれないのだ。過ぎた時間は戻らない。どんなつらい過去であろうと、すべてを背負って生きていくしかなかった。

「すみません」

なにもアドバイスできないことが申しわけなくて頭をさげた。

彼女が初対面の謙治に話したのは、なにか言葉をかけてほしかったからだろう。しかし、謙治はただ聞いていることしかできなかった。

「結婚どころか、恋愛にも疎《うと》いものですから」

「謝らないでください」

七海は瞳に涙を滲ませながら微笑んだ。

「正直な方ですね。聞いていただけて、だいぶ楽になりました」

先ほどより顔色もよくなっている。青白かった唇に赤みが戻っており、なにより表情が明るくなっていた。もともと整った顔立ちをしているので、血行がよくなるにつれて魅力的になった。

(これなら大丈夫そうだな)

最初はひとりにするのが心配だったが、この調子なら問題ないだろう。

「部屋が空いているかどうか、旅館に電話をして聞いてみます」

謙治が立ちあがろうとすると、腕をすっとつかまれた。

「待ってください」

切実な声だった。振り返ると、七海が濡れた瞳で見つめていた。

「もう少し、いっしょにいてください……って言ったら迷惑ですか?」

謙治は思わず息を呑んだ。

深い意味はないだろう。ただ彼女はひとりになるのを恐れているだけだ。それでも、美しい人妻にいっしょにいたいと言われて、胸の鼓動が速くなった。

「で、では……」

自分の声が緊張していることに気づき、いったん言葉を切って咳払いをする。

「では、もう少しだけ」

平静を装って語りかけるが、気持ちは落ち着かないままだった。

考えてみれば、女性に触れられるのは久しぶりだ。もう手は離れているが、七海につかまれた腕が熱くなっていた。

「旦那さんは、よほど子供がほしいのですね」

黙っていると、おかしなことを考えてしまいそうだ。謙治は平常心を保つため、自分から話題を振った。

「そうかもしれませんけど、最近はいっしょに寝ていませんから……できるわけないですよね」

七海は夫に抱かれていないらしい。彼女の瞳はますます潤み、謙治の目をまっすぐ見つめてきた。

「うちの人、ここのところ残業ばかりで……でも、本当は浮気をしてるみたいなんです」

家にいてもやたらとスマホをいじっており、誰かと頻繁《ひんぱん》にやり取りをしているらしい。また、仕事で残業をしているはずの時間にメールを送っても返信がなく、電話をしても出ないことが多いという。

「でも、それだけでは……」

確かに怪しいが、浮気と決めつけるには早急ではないか。ところが、七海は涙声で語りはじめた。

「昔の同僚が会社にいるから聞いてみたんです。そうしたら、夫は部下の女子社員とよく飲みに行ってるって……」

しかも、残業すると告げていた日に、女子社員と飲みに行っているらしい。これは浮気を疑われても仕方なかった。

「駅員さんは、どう思いますか？」

「それは……」

答えにくい質問だ。限りなく黒に近いが、七海を傷つけたくなかった。

「やっぱり……正直な方ですね」

七海は淋しげな笑みを漏《も》らした。

言いよどんだことが答えになってしまった。謙治は申しわけない気持ちになり黙りこんだ。

「もう……帰りたくない」

七海は両手で顔を覆って嗚咽《おえつ》を漏らした。

肩を震わせて泣いている。そんな悲しげな姿を見せられても、謙治には慰める言葉が思いつかなかった。

「三島さん……」

困りはてたすえ、思わず彼女の肩に手をまわした。

「あっ……」

七海は小さな声を漏らして身体を硬くする。だが、それは一瞬だけだった。すぐに身体から力を抜き、謙治の胸もとにすっと寄りかかってきた。

彼女の髪から甘いシャンプーの香りが漂ってくる。鼻腔をくすぐられて目眩《めまい》を覚えた。女性とこれほど接近するのは数年ぶりだ。気づくと肩にまわした手に力が入り、女体を強く抱き寄せていた。

それなのに、七海はまるで抵抗しない。それどころか、しっとり濡れた瞳で見あげてくる。だから、謙治も歯止めが効かなくなった。

七海が睫毛《まつげ》をゆっくり伏せていく。謙治は吸い寄せられるように唇を重ねていた。

3

「ンっ……」

唇が触れた瞬間、七海が微かな声を漏らした。

頭の片隅ではいけないと思っている。彼女は出会ったばかりの人妻だ。しかし、蕩《とろ》けそうなほど柔らかい唇の感触が、謙治の理性を溶かしていった。

ほとんど無意識のうちに舌を伸ばし、彼女の唇をそっとなぞる。すると、七海は唇を半開きにしてくれた。すかさず舌を滑りこませれば、七海も遠慮がちに舌を伸ばしてくる。自然とからませて、粘膜同士をヌルヌルと擦り合わせた。

「はンっ……ンンっ」

七海が色っぽく鼻を鳴らすから、ますます気分が盛りあがる。

謙治は唇を重ねたまま女体を押し倒して、添い寝をするような体勢になった。パーカーの上から乳房のふくらみに手を這わせる。七海がいやがる素振りを見せないので、さらに欲望が加速してしまう。パーカーのファスナーをおろして、ニットごしに乳房を揉みあげた。

「あっ……」

彼女の唇から小さな声が溢れ出す。頬を染めて下唇を噛むと、せつなげな瞳で見あげてきた。

「朝まで……いっしょにいてもらえますか？」

「でも、ここは……」

懇願するように言われて動揺する。

ここは駅員用の宿直室で、一般の人を泊めるわけにはいかない。謙治が返答に窮《きゅう》すると、七海の瞳から大粒の涙が溢れて頬を伝った。

「淋しくて……お願いです」

泣かれてしまったら突き放せない。謙治は逡巡したすえにうなずいた。

「わかりました。わたしがいっしょでもよろしいのなら」

「やっぱり、おやさしいですね」

安堵《あんど》したような声だった。

七海は涙を流しながら微笑を浮かべる。そんな彼女の表情に誘われて、謙治は再び唇を重ねると、迷うことなく舌を差し入れた。

「はンンっ」

七海が両手を伸ばして、謙治の頭を抱き寄せる。そして、自ら舌を深くからませてきた。

投げやりになっているのかもしれない。夫に浮気をされて、やり返したい気持ちもあるのだろう。ここは七海にとって誰ひとり知り合いのいない最果ての駅だ。旅の恥はかき捨てとばかり、思いきり乱れたいのではないか。

（そういうことなら……）

　謙治もここまできたら、もう後戻りはできない。心の中では逡巡するものがあったが、すでにペニスが硬く屹立《きつりつ》して、スラックスの前が大きなテントを張っていた。

　女体からパーカーを引き剝《は》がすと、ニットを胸の上まで一気にまくりあげる。すると、生活感のあるベージュのブラジャーが現れて、彼女が人妻であることをあらためて意識した。

　生《なま》の乳房を見たくてたまらない。背中とシーツの間に手を滑りこませると、慌ただしくブラジャーのホックをプツリとはずす。とたんにカップを押しのけて、双《ふた》つの乳房が勢いよくまろび出た。

「は……恥ずかしい」

　七海はそう言って、すぐに乳房を両手で覆い隠してしまった。

「見せてください」

「でも……」

「とてもきれいですよ」

　女性を褒めるのは照れくさくて苦手だ。ところが、今はごく自然に言葉を紡《つむ》ぐことができた。落ちこんでいる七海を元気づけたい気持ちもあったが、本当にきれいな身体だと思った。

「少しだけなら……」

七海は顔そむけると、乳房を覆っていた手をそっとはずした。

裸電球のぼんやりした光が、まるでお椀を双つ伏せたような見事な乳房を照らし出す。張りのあるふくらみが、タプタプと柔らかく揺れていた。魅惑的な曲線の頂点にのっている乳首は鮮やかなピンク色だった。

（こ、これは……）

謙治は思わず生唾《つば》を飲みこんだ。

久しぶりに女性の乳房を目にして、ペニスがいっそう硬くなる。頭のなかが熱くなり、鼻息が荒くなっていく。興奮で震えている両手を伸ばすと、人妻の乳房をそっと揉みあげた。

「あンっ」

七海の唇から漏れる恥じらいの声も、牡《おす》の欲望を煽《あお》り立てる。柔肉に恐るおそる指先を沈みこませては、貴重品を扱うようにゆったりとこねまわした。

（おおっ、こんなに……）

人妻の乳房は溶けそうなほど柔らかい。夢のような感触に陶然《とうぜん》となり、なおも双乳を揉みしだいた。

長い間、女性と触れ合っていなかった。それなのに、どういうわけか出会ったばかりの人妻の乳房を揉んでいる。どこまでも沈みこんでいく柔らかさだけではなく、絹のように滑らかな肌の質感もたまらない。双つの乳房を執拗に揉みあげては、表面をそっと撫でまわした。

「そ、そんなにされたら……はンンっ」

指先が乳首をかすめた瞬間、女体がピクッと跳ねあがる。

乳房の頂点にある突起はまだ柔らかかった。まずは乳首の周囲をサワサワとくすぐり、指先を徐々に乳首へと近づけていく。すると、七海は焦《じ》れたように腰をよじりはじめた。

「ンっ……ンンっ」

だいぶ感度があがっているらしい。七海は眉を八の字に歪めて、せつなげな瞳を向けてきた。

「え、駅員さん……」

かすれた声で呼びかけてくる。乳首を触ってほしいに違いない。それならばと、謙治は柔らかい乳首を指先でそっと摘《つ》まみあげた。

「はああッ」

とたんに七海の声が大きくなる。全身の筋肉に力が入り、両手でシーツを強く握りしめた。

軽く摘まんだだけなのに、背中を大きく仰《の》け反らせている。どうやら乳首が敏感らしい。だから、なおさら愛撫に熱が入る。こよりを作るように転がせば、乳首は瞬《また》く間にふくらみはじめた。

「あっ……ああンっ」

七海の唇が半開きになり、甘い声が溢れ出す。

乳首はすぐに充血して、乳輪までふっくらと盛りあがる。瞬く間に硬くなり、それにつれて感度もどんどん上昇していく。指先で揉み転がすほどに、七海の喘ぎ声は大きくなった。

「もうこんなに……」

「そ、そこは……もう、許してください」

濡れた瞳で哀願されると、ますます気分が盛りあがる。指で触れているだけでは我慢できず、欲望にまかせて乳房にむしゃぶりついた。

「み、三島さんっ」

乳首を口に含み、すかさず舌を這わせていく。コリコリに硬くなった突起を舐《な》めしやぶり、唾液をまぶして転がした。

「あッ……ああッ」

七海の喘ぎ声が宿直室に響き渡る。謙治は乳房を揉みながら、双つの乳首を交互に吸いあげた。

「こんなに硬くなって……うむっ」

「あンっ、ダメです、ああンっ」

快感にとまどっているのか、七海が首を振りたくる。しかし、謙治を押し返すわけでもなく、されるがままになっていた。

唾液にまみれた乳首が、裸電球の下でヌラヌラと淫らな光を放っている。ますます硬く尖《とが》り勃《た》ち、ピンク色も濃くなっていた。右の乳首を指先で転がして、左の乳首を吸いまくる。同時に乳房を揉みあげることも忘れない。謙治は貪るように人妻の女体を愛撫していた。

「も、もう……ああッ、もうっ」

七海の悶え方が激しくなる。布団がかかっている下半身をよじらせて、懸命に瞳で訴えかけてきた。

「もう我慢できないんですね」

乳首を解放して語りかける。

興奮しているのは謙治も同じだ。布団を引き剝がすと、フレアスカートのなかに手を滑りこませる。膝から太腿《ふともも》にかけてを撫でまわし、ストッキングのツルツルした感触とむっちりした肉づきを楽しんだ。

「あンっ、え、駅員さん……」

七海の声がかすれている。

謙治の手が股間に近づくにつれて、フレアスカートが押しあげられる。ナチュラルベージュのストッキングに包まれた下肢が徐々に露《あらわ》になり、七海は内腿をぴったり閉じ合わせた。

やがてスカートが大きくまくれあがる。むっちりした太腿だけではなく、ストッキングに透けるパンティも露出した。人妻が内股になって腰をくねらせる様子も興奮を誘い、謙治は女体からフレアスカートを奪い去った。

「これはもういらないですよね」

「ああっ、恥ずかしいです」

七海の声は弱々しい。

羞恥に頰を染めあげるが、抵抗するわけではない。むしろ、その先を望むように濡れた瞳を向けてきた。

パーカーとニット、それにブラジャーも脱がして上半身を裸に剝《む》く。すると、七海は今さらながら自分の身体を抱きしめて乳房を隠そうとする。そんな仕草が、ますます牡の欲望に火をつけた。

ストッキングの上から股間に指を這いまわらせる。恥丘のふくらみを撫でると、内腿のつけ根に指を滑りこませた。中指の腹が、パンティとストッキングに包まれた女陰に重なった。

「そ、そこは――あンンっ」

女のもっとも大切な部分を押し揉めば、とたんに女体が反応した。

すぐに七海の顔が歪み、唇からせつなげな声が溢れ出す。下腹部を艶めかしく波打たせて、内腿で謙治の指を挟みこんだ。

しかし、そんなことをしても指の動きはとまらない。ストッキングごしに柔らかい部分をこねまわして刺激しつづける。すると、すぐに熱い潤みが指先に伝わり、やがて湿った音が響きはじめた。

「ここ、すごく熱くなってますよ」

「あッ……あッ……」

七海の唇から甘い声が漏れている。耳まで赤く染めて恥じらうが、身体は確実に反応していた。

パンティを通り越して、ストッキングにも愛蜜の染みがひろがっていく。謙治が指を動かすたびに、クチュッ、ニチュッという蜜音が大きくなる。さらには女体に小刻みな震えが走り抜けた。

「い、いやです、そ、そんな……ああッ」

感じていることを悟られるのが恥ずかしいのか、七海はしきりに首を左右に振り立てる。しかし、濡れ方は激しくなる一方だ。ストッキングごしに触れている女陰は柔らかくなり、軽く圧迫するだけで指先が沈みこんでいく。

「ああンっ、そ、そんなにされたら……はううッ」

女体が小刻みに震えている。謙治はここぞとばかりに、布地ごと指先をグッと押しこんだ。

「あああッ、そ、それ、ダメっ、あああッ、はあああああッ！」

七海は内腿で謙治の手を挟みこんだまま、背中を大きく反らしていく。全身の筋肉を硬直させて、まるで感電したようにビクビクと痙攣《けいれん》した。

どうやら絶頂に達したらしい。

ストッキングの股間は愛蜜でぐっしょり濡れて、牡を誘う牝《めす》の甘酸っぱい香りが漂ってきた。七海の瞳は焦点を失い、宙をぼんやり眺めている。半開きの唇からはハアハアと乱れた息が漏れていた。

4

七海を絶頂に追いあげたが、謙治はまだ満足していない。ストッキングとパンティを引きおろすと、つま先から抜き取った。

（こ、これは……）

謙治は思わず両目を見開いた。

恥丘にそよぐ漆黒の陰毛と、しどけなく開かれた太腿の奥に見える濃いピンクの陰唇が目に入った。

二十八歳の人妻が秘めたる部分を剝き出しにしている。陰毛は逆三角形に整えられており、陰唇は大量の華蜜で濡れそぼっていて、欲情の匂いを濃厚に漂わせているのだ。

（お、俺も、もう……）

謙治は慌ただしく服を脱ぎ捨てて裸になった。

ペニスは天に向かって激しく屹立して、先端からカウパー汁を垂れ流している。亀頭は濡れ光り、太幹には太い血管が浮かびあがっていた。

人妻の乱れた姿を目にしたことで、興奮は最高潮に達している。この状況で我慢するなど不可能だ。もはや女壺を貫くことしか考えられない。彼女の膝をつかむと、左右にグッと割り開いた。

「あっ……」

七海が虚《うつ》ろな瞳を向けてくる。絶頂に達して呆けていたが、屹立した男根に気づいて頬を引きつらせた。

「ま、待って、待ってください」

いざセックスするとなったら不安になったのか、今さらながらうろたえる。脚を閉じようとするが、謙治は膝を強く押さえつけた。

「三島さん……」

呼びかけながら、膨張した亀頭を陰唇にあてがった。

軽く触れただけで華蜜とカウパー汁が弾《はじ》けて、ヌチャッという湿った音がする。女陰は熱く蕩けており、軽く押しつけただけで亀頭が女壺のなかに沈んでいく。二枚の陰唇も巻きこみ、巨大な肉の塊《かたまり》が膣《ちつ》のなかに消えていった。

「あああッ、え、駅員さんっ」

七海の唇から喘ぎ声が放たれる。亀頭がはまりこんだ瞬間、腰がビクンッと跳ねあがった。

「くうッ……」

いきなり膣口が収縮して、カリ首を思いきり締めあげられる。無数の濡れ襞《ひだ》がからみつき、亀頭の表面を這いまわった。

休むことなく根元まで押しこんでいく。亀頭が膣道をかきわけて、深い場所まで到達する。蜜壺のなかは、沸騰したマグマのようにドロドロに溶けている。肉柱を突きこんだことで、膣道全体がうねるように反応した。

「ああンっ、お、大きいっ」

七海が顎を跳ねあげて訴える。腰を右に左にくねらせることで、女壺のなかも激しく蠢《うごめ》いた。

「う、動きますよ……うむッ」

ゆっくり腰を引き、根元まで埋めこんだペニスを後退させる。女壺が締まっているので、張り出したカリが自然と膣壁を擦りあげた。

「あああッ、ゆ、ゆっくり……」

刺激が強すぎるのか、七海が慌てた様子で訴えてくる。膣壁が驚いたように激しくうねり、男根を奥へと引きこんでいく。当然ながら締まりも強く、快感の波が次から次へと湧き起こった。

「ううッ……くううッ」

全身の毛穴から汗がどっと噴き出した。

謙治は奥歯を食い縛《しば》り、快感を懸命に抑えこんでいた。気を抜くとすぐに達してしまいそうだ。できるだけ速度を落として抽送《ちゅうそう》するが、それでも愉悦《ゆえつ》はどんどんふくらんでいた。

「え、駅員さん……あああッ」

七海がかすれた声で語りかけてくる。両手を伸ばして謙治の腰に添えると、焦れたように股間をしゃくりはじめた。

「くおおッ、み、三島さんっ」

またしても快感が大きくなり、唸り声が溢れ出す。

謙治の動きに合わせて七海が股間をしゃくることで、男根がますます締めつけられる。先走り液がとまらなくなり、下腹部で渦巻いていた射精欲が急激にふくらみはじめた。

（こ、こんなに気持ちいいのか……）

絶頂を抑えるので精いっぱいだ。

もはや全身汗だくで、久しぶりのセックスがもたらす快感に翻弄《ほんろう》されている。スローペースのピストンだが、濡れた膣襞に包まれたペニスは今にも暴発しそうなほど高まっていた。

「ああッ……はああッ」

人妻の喘ぎ声が宿直室に響き渡る。彼女の振りまく甘い声が、聴覚からも興奮をうながしていた。

謙治は我慢汁を垂れ流し、七海も愛蜜を大量に分泌している。太幹が突き刺さった膣口の隙間から、ふたりの体液がまざり合って滲み出す。まるでお漏らしをしたようにぐっしょり濡れて、シーツにも滴《したた》り落ちていた。

「ううッ……す、すごいっ」

「あッ、あッ、も、もっと……ああッ、もっとメチャクチャにしてください」

やはり七海は激しく乱れたいと思っている。半ば捨て鉢になっており、力強いピストンを欲していた。

（そういうことなら……）

もはや謙治の性感はギリギリのところまで追いつめられている。どうせ持たないのなら、激しくつきまくって彼女の望みを叶《かな》えてあげたかった。

「い、いきますよ……ぬおおおッ」

謙治は唸り声をあげて、腰の動きを加速させた。上半身を伏せて女体を抱きしめると、全力で男根をたたきこむ。人妻の首筋に顔を埋めて柔肌に吸いつきながら、腰をグイグイと振りまくった。

「ああッ……あああッ……い、いいっ」

七海の唇から歓喜の声がほとばしる。両手を謙治の背中にまわしこむと、爪を立ててきた。

「くッ……」

そのわずかな痛みが心地いい。彼女が感じていることが伝わり、ますますピストンに力が入った。

「あああッ、い、いいっ、気持ちいいっ」

七海は両脚も腰にからみつかせてくると、思いきり引きつける。その状態で股間をしゃくりあげて、積極的に快楽を求めはじめた。

「おおッ……おおおッ」

もはや射精欲は限界まで達している。謙治は獣《けもの》のような咆哮《ほうこう》をあげて、男根を力まかせに打ちこんだ。

「つ、強いっ、はああああッ」

「くおおおおッ、も、もうっ」

七海の喘ぎ声と謙治の唸り声が交錯する。息を合わせて腰を振りまくれば、ついに愉悦の大波が轟音を響かせながら押し寄せた。

「ああッ、もうダメっ、はああッ、イッちゃうっ、イクッ、イクイクううッ！」

両手両脚でしっかり抱きつき、七海が絶頂を告げながら昇りつめる。それと同時に膣が猛烈に締まり、根元まで埋まったペニスをこれでもかと絞りあげた。

「くおおおッ、で、出るっ、おおおッ、ぬおおおおおおッ！」

彼女の絶頂に引きずられて、謙治もこらえにこらえてきた欲望を解き放つ。股間をぴったり密着させると、膣の奥深くで精液を放出した。

「あああああッ！」

「み、三島さんっ、おおおおおッ！」

大量のザーメンが尿道を駆けくだり、尿道口から勢いよく噴き出していく。ペニスの痙攣が全身に波及して、脳髄まで蕩けそうな快楽に襲われる。人妻の熱い女壺が波打ち、射精しているペニスをさらに強く締めつけた。

「あああああッ、いいのぉっ」

七海が呆けた顔で喘いでいる。謙治の体にしがみつき、なおも股間をしゃくりながら、夫ではないペニスを貪りつづけていた。

「三島さん……」

謙治は七海をしっかり抱きしめた。

悩める人妻を慰めるだけだったのに、セックスまでしてしまった。

しかし、今は他のことを考えず、この快楽に溺れていたい。久しぶりに女体の温《ぬく》もりを感じて、男としての充足感を覚えたのは事実だった。

第二章　未亡人に触れて

1

翌朝、メールの着信音で目が覚めた。

時刻はまだ早朝五時だ。謙治のスマホではない。横たわったまま隣に視線を向けると、七海が真剣な表情でスマホの画面を見つめていた。

(三島さん……すみませんでした)

罪悪感がこみあげて、心のなかで謝罪する。昨夜は欲望にまかせて人妻を抱いてしまったのだ。

こういうのを魔が差したというのだろうか。七海の悩みを聞いているうち、同情心が芽生えていた。疚《やま》しい気持ちはなかった。ところが、気づいたときには押し倒していた。

七海は隣でスマホを見つめている。

下唇を噛んで、なにやら考えこんでいるようだ。やがてメールを打ちこむと、じっくり読み返してから送信した。

「夫からです」

七海が独りごとのようにつぶやいた。

謙治が起きたことに気づいていたらしい。ゆっくりこちらを向いた七海は、瞳を潤ませながらも安堵したような微笑を浮かべていた。

「帰ってきてほしい……って」

夫は浮気を認めて謝罪してきたという。

こんな朝早くにメールを送ってきたということは、一睡もしていないのかもしれない。普段は高圧的な夫だが、家に帰ってきたら妻がいなかったことで慌てたのではないか。

「東京に帰ります」

七海は落ち着いた声でつぶやいた。

——旦那さんのこと、許せるのですか。

喉もとまで出かかった言葉を呑みこんだ。

彼女が決心した以上、よけいなことを言うべきではない。ここから先は夫婦の問題だった。

「浮気をしたのは、わたしも同じですから」

七海はそう言って、いたずらっぽく笑ってみせる。きっと謙治の気持ちがわかったのだろう。

「駅員さんのおかげで、素直に帰ろうと思えました」

昨日の七海が嘘のように穏やかな表情だった。

夫に浮気されたままでは、どうしても許せなかったのだろう。謙治と一夜をともにしたことで、なにか吹っきれたのかもしれない。落ちこんでいた彼女が元気になってくれたことで、とりあえずほっとした。

(これでよかったのかもしれないな……)

謙治も救われた気分になった。

そして、謙治自身も自覚はなかったが、人肌が恋しかったのかもしれない。七海の温もりを感じたことで、孤独だった心が癒《いや》された気がした。

「少し早いですけど、朝飯にしますか」

昨夜はなにも食べずに寝てしまったので腹が減っている。インスタントラーメンと缶詰しかないが、なにもないよりはましだった。

「はい。いただきます」

七海が柔らかな笑みを向けてくれる。それだけで、謙治も元気になれる気がするから不思議だった。


「ありがとうございました」

七海はあらためて礼を言うと、始発電車に乗りこんだ。

座席に座り、遠慮がちに手を振ってくる。彼女の瞳が潤んでいるように見えたが、あえて気づかぬ振りをした。

謙治は改札に移動すると、いつものように乗客を迎える準備をする。平常心を保とうとするが、どうにも落ち着かなかった。

やがて町の人たちがぽつぽつとやってきた。

「おはよう」

「今日も冷えるね」

誰もが軽く挨拶を交わしながら改札を通りすぎていく。謙治もいつものように挨拶を返した。

しかし、小百合が姿を現すと、とたんに胸の鼓動が速くなった。

一途に小百合のことを想ってきた。その気持ちは今も変わらない。それなのに、出会ったばかりの人妻とセックスしてしまった。

（最低だな……）

自分のことがいやになる。

小百合は亡くなった親友の妻だ。いずれにせよ、自分とは縁のない女性だが、欲望に流された自分が許せなかった。

それなのに、昨夜、久しぶりにセックスしたせいで、つい小百合の裸を想像してしまう。いけないと思っても、考えずにはいられない。スーツの下に隠されている女体を一度でいいから見てみたかった。

「謙治くん……」

小百合が小首をかしげる。なにか異変を感じたのか、めずらしく立ちどまって顔をのぞきこんできた。

「お、おはようございます」

人妻と身体の関係を持ったことが後ろめたくて、目を見ることができない。謙治は無意識のうちに視線をそらしていた。

「うん……おはよう」

小百合はなにか気づいただろうか。いつもとは違う雰囲気を感じたようだったが、そのまま通りすぎていった。

謙治も早足でホームに向かう。そして、小さく息を吐き出して気持ちを落ち着かせると、しっかり安全確認を行った。

七海と小百合を乗せた始発電車が動き出して、ゆっくりホームから離れていく。謙治は複雑な気持ちで、遠ざかっていく電車を見送った。

2

その日は朝から小雪が舞っていた。

積もるほどではないが、今季一番の冷えこみだ。昼になって雪はやんだが、気温は低いままだった。これだけ寒いと体の芯まで冷えてしまう。夜は熱めの湯を張った風呂に浸かりたかった。

七海が去って一週間ほど経っていた。

連絡先は聞いていないので、彼女がどうしているのか確認しようがない。でも、帰り際の清々《すがすが》しい表情を思い返すと、きっと夫婦仲よく暮らしている気がする。そう信じて疑わなかった。

謙治は今日も駅員としてホームに立っていた。

電車を迎えては、安全に送り出す。合間には細々とした業務をこなしていく。こうして忙しく働いていると、七海との出来事はすべて夢だったのではないかと思えてくる。それほどまでに、あり得ない体験だった。

（そろそろ時間だな……）

事務作業を中断してホームに出ると、すでに日がとっぷり暮れていた。

いつもどおり最終電車をホームに迎え入れる。ドアが開いて降りてくるのは、なじみの客ばかりだ。そのなかには小百合の姿もあり、謙治は無意識のうちに目で追っていた。

そのとき、ふいに小百合と視線が重なった。慌てて顔を伏せるが、なぜか彼女はこちらに向かって歩いてきた。

「謙治くん」

あらたまった様子で声をかけてくる。謙治が顔をあげると、まっすぐ目を見つめてきた。

「今夜、時間ある?」

いったい、どういう意味だろう。

彼女の考えていることがわからず、すぐには答えられない。しかし、胸のうちでは緊張と期待が同時にふくれあがっていた。

「会社の同僚から鮭をいただいたの」

「……え?」

思わず眉根を寄せて聞き返す。そもそも会話をすることがほとんどないのに、いきなり鮭と言われて頭がついていかなかった。

「ひとりでは食べきれないから、いっしょにどうかなと思ったんだけど」

小百合は白いレジ袋を軽く持ちあげて見せた。

親が漁師をやっている同僚がいるらしい。鮭が大量だったので、わけてくれたという。確かに鮭のおいしい季節だった。

「でも……」

「なにか用事があるの?」

「いや、そういうわけでは……」

アパートに帰ったら風呂に入り、飯を食って寝るだけだ。だが、突然の誘いにとまどっていた。

「それなら、お願い。捨てるのはもったいないから」

「秋鮭か……」

「鍋なんてどうかな。今日は特別寒いから」

小百合の笑顔が眩《まぶ》しく見える。もちろん、断る理由などない。これほどうれしい提案はなかった。

「せっかくだから……」

謙治がぽつりとつぶやけば、小百合は安堵したような表情を浮かべた。

もしかしたら、断られると思っていたのだろうか。しかし、小百合はすぐに微笑を浮かべて口を開いた。

「お仕事が終わったらうちに来て。準備をして待ってるから」

そう言われてはっとする。

いっしょに鍋を食べるということは、どちらかの家に行くということだ。そのことに気づいたとたん、全身に緊張がひろがった。

「じゃあ、あとでね」

小百合が楽しげに去っていく。その背中を謙治は硬い表情で見送った。

一日の業務を終えると、謙治は急いで帰宅した。

駅から徒歩十分ほどの場所にあるアパートだ。両親が亡くなり、老朽化していた実家は売却した。いずれにせよ、ひとりで住むには広すぎる家だった。

アパートの間取りは1DKで、六畳のダイニングキッチンと四畳半の洋室、風呂とトイレは別れている。ワンルームを探していたが、北海道ではひとり暮らしでもこれくらいの広さが普通だった。

謙治はアパートに帰るなりシャワーを浴びた。

今夜は湯船に浸かるつもりだったが、そんなことはどうでもいい。洗い立てのジーパンを穿き、比較的皺の少ないダンガリーシャツを選んで身に着ける。馬鹿だなと思うが、必要以上に身だしなみを気にしてしまう。

(いっしょに飯を食うだけだ……)

謙治は自分を戒《いまし》めるように、心のなかでつぶやいた。

頭ではわかっている。なにも起こるはずがない。それなのに、心の片隅で期待が芽吹くのを抑えられなかった。

濃紺のダウンジャケットを羽織ったとき、はっと気がついた。

なにか手土産を持っていくべきだろう。しかし、急なことだったので、なにも用意していなかった。この町にコンビニはない。近所の商店は夜七時までなので、もう閉まっていた。

キッチンを見まわすと、まだ封を切っていない芋焼酎の四合瓶があった。普段は休みの前日にしか飲まないが、今夜は小百合とふたりなので特別だ。きっと鍋料理にも合うだろう。

（でも……）

小百合はあまり酒が強くなかった。

謙治は高校を卒業すると同時に上京した。その後は数えるほどしか帰省しなかったが、小百合と志郎の三人で一度だけ酒を飲んだことがあった。

ふたりの仲睦まじい姿を見たくない。だから、たまに実家に戻っても、なにかと理由をつけて顔を合わせないようにしてきた。だが、志郎は駅員だったので、改札で会うのだけは避けられなかった。

「せっかく帰ってきたんだし、たまには酒でも飲まないか」

足早に通りすぎようとすると、志郎にしては強い口調で呼びとめられた。

「今度、いつ帰ってくるのかわからないんだろ」

「俺たち幼なじみじゃないか。たまにはつき合ってくれよ」

「なあ、謙治、ほんのちょっとでもいいから時間を作ってくれないか」

懸命に語りかけてきた言葉は今でも耳の奥に残っている。

志郎は人一倍やさしい性格で、人の気持ちにも敏感だった。人がいやがることは決してしない。なにかを強要することなど絶対なかった。そんな志郎が、あの日だけはしつこく誘ってきた。

結局、断りきれず、酒を飲むことになった。

ふたりは結婚して四年が経ち、アパートで暮らしていた。どうにも気乗りしなかったが、仕方なく向かった。

あの日、小百合の手料理をはじめて食べた。

志郎の好物だというコロッケが、唸るほどうまかった。だからこそ、なおさら嫉妬がふくらんだ。毎日、小百合の手料理を食べているのかと思うと、志郎がうらやましくてならなかった。

しかし、嫉妬していることを知られるのがいやで、ビールをハイピッチで飲みながら終始おどけていた。そうすることで自分の気持ちをごまかすしかなかった。顔は笑っていたが心のなかでは泣いていた。

無理をしたせいか、早々に酔ってしまった。長居するとボロが出そうなので、早々に帰ることにした。

ひとりで大丈夫だったが、志郎が家まで送ると言って聞かなかった。

外に出ると、もうおどける余裕はなくなっていた。謙治は酔っている振りをして、いっさい口を開かなかった。

「今日は来てくれてありがとうな」

夜道を歩きながら、志郎がやけに神妙な顔でつぶやいた。

物心ついたときから知っている幼なじみだが、あらたまって礼を言われたことなどはじめてだ。謙治が驚いて見やると、志郎は何事もなかったように笑っていた。昔から知っているやさしい笑顔だった。

「たまには連絡しろよな。仕事が忙しいんだろうけど、東京に戻っても俺たちのことを忘れないでくれよ」

そう言ったときの志郎の顔は、瞼《まぶた》の裏にしっかり焼きついている。

今にして思うと、謙治が避けていたことをわかっていたのではないか。だからこそ、無理やりにでも飲みに誘ったのだろう。仲良し三人組の絆《きずな》を守りたかったのかもしれない。志郎なりに気を使っていたに違いなかった。

（それなのに、俺は……）

ただ嫉妬を募らせていた。生返事をするだけで、親友の気持ちをなにもわかっていなかった。

その後も謙治はふたりを避けつづけた。東京に戻ると、自分から連絡することはなくなった。

それなのに、志郎は仕事を紹介してくれた。

謙治は東京で疲弊して故郷に帰った。仕事の当てはなく、飯を食べる気力も湧かないほど落ちこんでいた。そんな謙治に声をかけてくれたのが志郎だった。謙治は連絡を絶っていたのに、親身になって駅員の仕事を勧めてくれた。

志郎がいなかったら、どうなっていたかわからない。幼なじみで親友というだけではなく、もはや恩人と呼べる存在になっていた。ところが翌年、志郎はあっさり逝ってしまった。

なんの恩返しもできなかったのが心残りだ。

だから、せめて志郎が愛した小百合を見守っていこうと心に決めた。未亡人となった小百合が、再び幸せになるのを心から願っている。謙治にできることは、それくらいしかなかった。

(行くか……)

芋焼酎を手土産にして外に出た。

小雪まじりの冷たい風が吹き抜けていく。だが、小百合に会えると思うと、それほど寒く感じなかった。

まだ夜七時を少し過ぎたところだ。

しかし、すでに外は日が落ちてまっ暗だった。なにしろ店がないうえに、家と家の距離も離れている。街路灯の数も少なく、車もほとんど走っていない。東京なら深夜でも明るいが、この田舎町ではこれが普通だった。

終電も出てしまったので、人通りはまったくない。風の音だけがする道を早足で歩き、五分ほどで小百合が住んでいるアパートの前に到着した。

(変わってないな……)

感慨深い気持ちがこみあげて胸が熱くなった。

二階建てのアパートは記憶のなかとまったく同じだ。タイムスリップしたような錯覚に陥《おちい》り、謙治は思わず足をとめていた。

すぐ近くだが、普段このあたりに来ることはなかった。

ここは小百合と志郎が結婚生活を送っていたアパートだ。三人で酒を酌《く》み交わしたのを最後に訪れていなかった。

インターホンのボタンを押そうとして躊躇した。

あらためて自分の胸に問いかける。食事に招かれただけで、なにも疚しいことはない。恩人である志郎を裏切ることにはならないはずだ。食事をしたらすぐに帰ると心に誓ってボタンを押した。

ピンポーン――。

チャイムが鳴ってから沈黙が流れる。返事が聞こえるまでのわずか数秒が、やけに長く感じた。

「あっ、謙治くん」

モニターに顔が映っているのだろう。こちらが名乗る前に明るい声が聞こえた。すぐに玄関ドアが開いて、小百合が顔をのぞかせた。

「いらっしゃい。どうぞ入って」

満面の笑みが眩しかった。

小百合はグレンチェックのフレアスカートを穿き、クリーム色のハイネックのセーターを着ている。胸当てのある赤いエプロンも似合っており、夫の帰宅を待つ人妻にしか見えなかった。

しかし、小百合は未亡人だ。

突然の病で夫を亡くしたのは十年前、まだ二十六歳のときだった。以来、彼女はひとり身を貫いてきた。どれほどつらい日々を過ごしてきたのか、小百合本人にしかわからない。謙治はただ見守っていることしかできなかった。

「たいしたものじゃないけど、これ……鍋に合うかなと思って」

胸に去来する様々な思いを抑えこみ、謙治は芋焼酎の瓶を差し出した。

「ありがとう。お湯割りにしましょうか」

小百合が笑顔で受け取ってくれる。どこにでも売っているものだが、持ってきてよかったと素直に思えた。

「寒いでしょ。早く入って」

「お邪魔します」

うながされて部屋にあがった。

間取りは１ＤＫだが、謙治の部屋よりもゆったりした作りだ。夫を亡くしたあとも小百合はこのアパートに住みつづけていた。おそらく、今でも彼女は志郎のことを想っているのだろう。

濃い緑の絨毯《じゅうたん》が敷かれており、ローテーブルとソファが配置されている。周囲にはクッションがいくつかあって、壁ぎわのテレビボードには小型の液晶テレビが乗っていた。

記憶のなかとそれほど変わっていない。胸にこみあげてくるものがあり、謙治は思わず奥歯をグッと強く嚙んだ。

「適当に座ってね」

「ああ……」

小百合に声をかけられて、謙治はすかさず平静を装った。ダウンジャケットを脱いでソファに置くと、クッションに腰をおろした。

ローテーブルにはカセットコンロがあり、すでに土鍋が乗っている。味噌を溶いたスープに、にんじんと、じゃがいもが入っており、隣に置いてある皿に、白菜、長ネギ、しめじ、鮭などが盛られていた。

「石狩鍋にしたの」

「いいね」

「硬い具材は先に火を通してあるの」

小百合がグラスとポットを持ってくる。エプロンをはずすと、クッションに尻を乗せて横座りした。

（近いな……）

彼女が座ったのは、謙治の右手の位置だった。

向かいに座ると思っていたので、距離が近くてドキリとした。小百合は気にする様子もなく、鍋に残りの具材を入れていく。そして、芋焼酎のお湯割りを作り、グラスを前に置いてくれた。

謙治の世話をするため、向かいではなく隣に座ったのだろう。それがわかっても、胸の高鳴りは抑えられなかった。

「飲みながら待ってようか」

「じゃあ……」

謙治がグラスを持つと、彼女も自分のグラスを手にして笑みを浮かべた。

焼酎のお湯割りをひと口飲んだ。空きっ腹にアルコールが染み渡る。小百合とふたりきりになると、想像していた以上に緊張した。まともに顔を見ることもできないので、少しくらいアルコールが入ったほうがいいだろう。

ふとテレビ台を見やると、結婚式の写真が飾ってあった。

小百合は純白のウエディングドレス、志郎はタキシードで決めている。ふたりとも幸せいっぱいの笑みを浮かべていた。

（くっ……）

謙治は慌てて視線をそらすと、焼酎をグッと飲んだ。

小百合には幸せになってもらいたい。昔からずっとそう思ってきた。そして、できることなら、自分が彼女の隣にいたかった。

しかし、小百合は志郎とつき合って結婚した。

よりによって、どうして親友の志郎だったのだろう。自分以外の男が選ばれるのなら、まったく知らない相手にしてほしかった。志郎のことは知りすぎていたため、なおさら心が苦しくなった。

「小百合ちゃん……」

想いが高まり、意味もなく呼んでしまう。

子供のころから「小百合ちゃん」と呼んでいたが、口に出すのは久しぶりだ。急に照れくさくなり、顔がカッと熱くなった。急に名前を呼ばれた小百合は、うれしそうに頰をほころばせた。

「お酒、強いね」

お代わりを催促されたと勘違いしたらしい。

小百合が再び芋焼酎のお湯割りを作ってくれる。そんな彼女の仕草に見惚《みと》れてしまう。ほっそりした指先の動きから、焼酎を注ぐときの首の傾きまで、すべてがしなやかで美しかった。

「はい、どうぞ。こっちもそろそろ煮えたかしら」

鍋をのぞきこむと、お椀に具材を取りわけてくれる。いつしか味噌スープのいい香りが部屋にひろがっていた。

「お口に合えばいいんだけど。食べてみて」

「いただきます」

まずはスープをひと口飲んでみる。とたんに濃厚な味噌と出汁《だし》の香りが、口から鼻へと抜けていった。

「うまい……」

自然と言葉が溢れ出した。

石狩鍋には各家庭独自の味つけがある。子供のころから慣れ親しんでいるが、小百合とは味覚が合うのかもしれない。なにより塩加減が抜群で、心がほっこりと温まる気がした。

「俺が今まで食った石狩鍋のなかで一番うまいよ」

感動のあまり早口で告げると、小百合は驚いたように見つめてくる。そして、一拍置いてふっと笑みを漏らした。

「もう、おおげさね。謙治くんって、そんなにお世辞が上手だったかしら」

「本当にうまいんだって」

ついつい前のめりになって力説する。本気で言っているのに、お世辞と思われたくなかった。

「そんなに褒められたら恥ずかしいよ」

小百合は頬をほんのり染めてつぶやいた。

「でも、うれしい。ひとりだと誰も褒めてくれないから」

一瞬、湿った空気になるかと思ったが、小百合は微笑を湛えている。だから、謙治も自然と笑うことができた。

――それなら、毎日いっしょに食べようか。

冗談めかしてでも、そんなことを言えたらと思う。

毎晩、小百合と食卓をともにできたら、どんなに楽しいだろう。生活にも張りが出るに違いない。

(ダメだ……なにを考えてるんだ)

慌てて心のなかで否定した。

小百合は亡き親友の妻だ。恩人の志郎を裏切るわけにはいかない。その一方で、食事をするだけなら問題ないとも思う。現に今もこうして、ふたりきりで石狩鍋を食べているのだ。

(大丈夫……なにも問題ない)

謙治は迷いを吹っきるように焼酎を飲み、石狩鍋に舌鼓《したつづみ》を打った。

小百合も鮭を口に運んでは、少しずつ焼酎を飲んでいる。早くも目の下がうっすらと桜色に染まっていた。

「この石狩鍋、志郎も好きだったの」

何気なく放たれた言葉が、謙治の胸を深くえぐった。

(そうか……そうだよな)

ふいに現実に引き戻された気分だ。

小百合は今も志郎のことを想っている。それはわかっていたが、彼女の口から志郎の名前を聞かされるとショックは大きかった。しかし、それだけではなく、忘れていた嫉妬が腹の底から湧きあがってきた。

「謙治くん、いつも食事はどうしてるの？」

小百合が急に話題を変えて尋ねてくる。謙治が黙りこんだので、気を使っているのかもしれない。

「自炊してるよ」

せっかくの楽しい時間を台無しにしたくない。謙治もなんとか嫉妬を抑えこみ、できるだけ普通に振る舞った。

「へぇ……なんか意外」

「たいしたものは作れないけどね」

決して料理が好きなわけではない。なにしろコンビニも食堂もないので、自分で作るしかなかった。

「小百合ちゃんも毎日作ってるんでしょ？」

「でも、ひとりだから手抜き料理ばっかり。誰かいっしょに食べてくれるなら、張り合いも出るんだろうけど」

その誰かになりたいと心底思う。

でも、それを口にするわけにはいかない。謙治は喉もとまで出かかった言葉を、焼酎のお湯割りで流しこんだ。

「まだ飲むでしょ」

グラスが空くと、すぐに小百合がお酒を作ってくれる。だから、いつになく飲んでしまう。おかげで緊張がほぐれて、ふわふわした気分になってきた。

小百合もかなり飲んでいる。いつしか瞳がトロンと潤んで、色っぽい表情になっていた。

「今夜は楽しい……ふたりっていいね」

同意を求められて、謙治は一瞬言葉につまってしまう。

小百合はひとりきりで淋しいに違いない。謙治もひとり暮らしなので気持ちはわかるつもりだ。確かにふたりだと楽しい。でも、相手は誰でもいいわけではない。小百合とふたりだから楽しいのだ。

（小百合ちゃん、俺は……）

どうしようもないほど、想いがふくれあがっていた。

ずっと小百合のことだけを見つめてきた。東京で働いているときは、小百合を忘れようとして、別の女性とつき合ったこともある。だが、どうしても忘れることができなかった。

つき合っていた女性には申しわけないことをしたと思う。いっしょにいながら、小百合のことを考えていたのだ。当時から最低なことをしている自覚はあった。半年ほど交際したが、結局、上手くいかずに破局してしまった。

そして、今は小百合とふたりきりで食事をしている。

こんな場面は想像したこともなかった。大人になってから、ふたりきりになるのははじめてだ。すべてが信じられない。幸せすぎて怖いくらいだった。

もっと先に進みたい。ふたりの関係を発展させたいと願ってしまう。志郎のことがなければ、勢いのまま告白していただろう。でも、ギリギリのところでブレーキがかかっている。亡き親友を裏切ることはできなかった。

「謙治くんは、楽しくないの？」

小百合が潤んだ瞳で見つめてくる。どこか不安げな声が、謙治の心をグラグラと揺さぶった。

「もちろん……楽しいよ」

声に出すと、彼女への想いがますますふくれあがる。どこかで歯止めをかけなければと思うが、飲みすぎたせいか気持ちを制御できなくなっていた。

「ひとりより、ふたりのほうが……」

許されるなら、ずっといっしょにいたい。これから先、ふたりで人生を歩んでいきたかった。

「よかった……」

小百合がぽつりとつぶやき見つめてくる。

いつしかふたりの距離が近づいていた。ローテーブルの角で身を寄せ合い、額と額が触れそうになっている。離れなければと思うが、もう身動きできない。彼女の甘い吐息が鼻腔に流れこみ、急激に欲望が湧きあがった。

3

「小百合ちゃん……」

吸い寄せられるように顔を近づけた。彼女も離れる気配がない。そのまま距離が狭まり、小百合は睫毛をそっと伏せた。

「ンっ……」

彼女が微かに鼻を鳴らして、ふたりの唇が重なった。

蕩けるような柔らかさが伝わってくる。長年、想いを寄せてきた小百合とキスをしているのだ。その瞬間、幼いときからの思い出が一気によみがえり、頭のなかに溢れ返った。

夏は山で虫捕りをして、冬はスキーに熱中した。幼いころは外で活発に遊びまわってばかりいた。ところが、中学に入るころになると、小百合は徐々に女性らしくなっていった。

身体の変化だけではなく、言動が落ち着いて日に日に淑《しと》やかになっていく。そんな小百合の様子にとまどいながらも惹かれていった。いつしか恋愛感情が芽生えて、告白したいと思うまでになった。

しかし、志郎が先に告白した。小百合のことを好きになったのは、謙治だけではなかったのだ。ふたりは三年の交際期間を経て結婚した。小百合は志郎のものになってしまった。もう、あきらめるしかないと思っていた。

それなのに今、こうして唇を重ねている。気分が高揚して、全身が熱く燃えあがったようになっていた。飲みすぎた焼酎のせいもあるかもしれない。とにかく、もう気持ちを抑えられなかった。

(ああ、小百合ちゃん……)

舌を伸ばして、小百合の唇をそっと舐めてみる。さらに唇を割り、ヌルリと滑りこませた。

彼女の熱い吐息を口移しされて、一気に興奮が加速する。そのまま舌を奥まで入れると、彼女の口のなかをしゃぶりまわす。柔らかい頬の内側、歯茎や上顎などを情熱的に舐めまくった。

「はンンっ……」

小百合は微かな声を漏らすだけで抵抗しない。だから、肩を抱き寄せて、さらに舌を深く潜りこませた。

怯えたように縮こまっている舌をからめとり、粘膜同士を擦り合わせる。ヌルリッ、ヌルリッと滑るのが気持ちいい。しかも相手が小百合だと思うと、なおさら快感が大きくなる。

「うむぅっ」

彼女の舌を吸いあげて、いっしょに流れこんでくる唾液を飲みくだした。

メープルシロップのような味わいにうっとりする。さらに舌を吸いまくり、甘い唾液を夢中になって嚥下《えんげ》した。

(もっと……もっとだ)

舌をからみ合わせることで、ますます欲望がふくらんでいく。

ディープキスだけでは満足できない。もっと小百合のことを知りたい。そして、彼女のすべてを自分だけのものにしたかった。

舌をからめたまま、セーターの胸のふくらみに手のひらを重ねていく。軽く撫でただけで、かなりのサイズだとわかる。キスをしながらゆったり揉みあげれば、とたんに女体がくねりはじめた。

「はあンっ……ンふぅっ」

小百合は色っぽい声を漏らしている。

もしかしたら、彼女も興奮しているのかもしれない。謙治の舌を強く吸い、唾液をすすりあげて喉を何度も鳴らしていた。

（飲んでる……俺の唾を……）

謙治の唾液を小百合が嚥下している。信じられないことが現実になっていた。

唾液を交換して味わうことで、一体感が深まった気がする。顔を右に左にかたむけながら、さらに舌をねちっこくからみ合わせていく。それと同時に、セーターの上から乳房を揉みしだいた。

「ンっ……ンンっ」

小百合は困ったように眉を歪めているが、唇を離すことはない。それどころか、謙治の首に手をまわして積極的に舌を吸ってきた。

欲望がどこまでもふくれあがっていく。謙治はセーターをまくりあげると、露出した白い肌に手のひらを這わせた。平らな腹を撫でまわし、敏感な脇腹を指先ですっと撫であげる。

「はああンっ」

女体がくすぐったそうにうねり、小百合の唇が離れて甘い声が溢れ出した。

恥ずかしげな瞳で見あげてくるが、拒絶する様子はない。謙治も理性の箍《たが》ははずれており、もう愛撫を中断することはできなかった。

腹にあてがった手のひらを、ゆっくり上に向かって滑らせる。肌理《きめ》の細かい肌の感触がたまらない。自然とセーターがまくれあがり、やがて純白のブラジャーが見えてきた。レースがあしらわれた女性らしいデザインの下着が、未亡人の胸もとを魅惑的に彩《いろど》っていた。

「ああっ……」

小百合が恥じらいの声を漏らして顔をそむける。そんな仕草が、ますます謙治の欲望を加速させた。

セーターを乳房の上までまくりあげると、女体を抱きしめて両手を背中にまわしていく。指先でホックを探るが、焦るあまりはずせない。彼女の気が変わらないうちにと、ますます焦ってしまう。

（お、落ち着け……慌てるな……）

自分に言い聞かせて、やっとのことでホックをはずした。震える指でブラジャーのカップを押しあげる。すると、双つのたっぷりした乳房が露になった。

（こ、これが、小百合ちゃんの……）

謙治は思わず両目を見開き、息をするのも忘れて凝視した。

長年想いつづけてきた女性の乳房が目の前にある。白くてまろやかな曲線を描いた美乳だ。重たげに下膨れした釣鐘形で、ふくらみの頂点では鮮やかな桜色の乳首が揺れていた。

「ああっ……」

小百合が恥ずかしげに身をよじり、乳房がタプンッと大きく波打った。

謙治は女体を絨毯の上に押し倒すと、両手で乳房を揉みあげた。下側に手のひらをあてがい、持ちあげるようにしてこねまわす。乳肉は溶けそうなほど柔らかく、指先がいとも簡単に沈みこんだ。

（すごい……すごいぞ）

興奮のあまり頭のなかが燃えるように熱くなっている。

小百合の乳房に触れていることが信じられない。一度でいいから触りたいと思っていたが、一生叶うことはないとあきらめていた。それなのに、今こうして何度も揉みあげているのだ。

三十六歳の柔肌は吸いつくようにしっとりしており、染みひとつ見当たらない。マシュマロのようにふわふわと柔らかくて、揉むたびに形を変える。反発する感じはなく、指がどこまでも沈みこんでいった。

「ンっ……はンンっ」

小百合は顔を横に向けて、微かな声を漏らしている。口もとに手をやり、耳をまっ赤に染めていた。

先端で揺れる乳首をそっと摘まんでみる。とたんに小百合は肩をすくめて、ため息にも似た喘ぎを振りまいた。

「はああっ、そ、そこは……」

せつなげな瞳で見あげくるが、いやがっているわけではない。その証拠に謙治の手を振り払うわけでもなく、乳房をさらしたままだった。

指先でやさしく転がすだけで、双つの乳首は瞬く間に屹立する。さらなる愛撫を求めるように、ぷっくりとふくらんだ。それならばと指の間に挟みこみ、乳房をゆったりと揉みあげた。

「あっ……あっ……」

柔肉をこねまわすのと同時に、硬くなった乳首も刺激される。小百合は女体を小刻みに震わせて、スカートのなかで内腿を焦れたように擦り合わせた。

「け、謙治くん……」

あの小百合がかすれた声で呼びかけてくる。それだけで謙治の欲望は爆発寸前までふくれあがった。

すでにペニスは勃起している。鉄棒のように硬くなり、ジーパンを内側から持ちあげていた。先ほどから窮屈でたまらない。謙治は急いでベルトを緩めると、ジーパンとボクサーブリーフをまとめて膝まで引きさげた。

「うっ……」

押さえるものがなくなり、屹立した男根が勢いよく跳ねあがった。

亀頭は我慢汁にまみれてヌラヌラ光っている。濃厚な牡の匂いもひろがり、小百合が恐るおそるといった感じで視線を向けた。

「あっ……」

彼女の唇から小さな声が漏れる。屹立したペニスを目にして、はっと息を呑むのがわかった。

視線を感じて勃起したペニスが揺れる。激烈な羞恥がこみあげるが、肉棒は自己主張するようにますます反り返る。ひとつになりたくて仕方がない。もう小百合とセックスすることしか考えられなかった。

「ま、待って……」

スカートをまくりあげにかかると、小百合がとまどった声を漏らす。本気で抗《あらが》うわけではないが、懇願するような瞳を向けてきた。

「明るいと、恥ずかしいから……」

ささやくような声だった。

だが、もう電気を消す余裕などない。謙治は今すぐひとつになり、思いきり腰を振り合いたかった。

「俺、もう……」

そのままスカートを腰までまくりあげる。すると、ブラジャーとセットの純白パンティが露になった。縁にレースがふんだんに使われており、薄布が恥丘にぴったり張りついていた。

小百合は顔を横に向けて、覚悟を決めたように目を閉じている。彼女もひとつになることを望んでいるのかもしれない。そう思うと、新たな我慢汁が分泌されて尿道口から溢れ出した。

興奮で震える指をパンティに伸ばす。ウエスト部分に指をかけると、じりじりと引きおろしにかかった。徐々に肉づきのいい恥丘が見えてくる。やがて押さえつけられていた漆黒の陰毛がふわっと現れた。

意外なほど濃厚に茂っており、自然な感じで恥丘を覆っている。淑やかな外見からは想像がつかない淫らな秘毛だった。

「も、もう……ゆ、許して……」

視線が恥ずかしいのかもしれない。小百合は内腿をぴったり閉じて、消え入りそうな声で懇願した。

そんな彼女の言葉が謙治の欲望に火をつける。内腿のつけ根に指を潜りこませて女陰を探っていく。指先が柔らかい部分に触れたとたん、クチュッという湿った音が響き渡った。

「あああッ」

女体が反り返り、内腿をさらに強く締めつける。しかし、すでに指先は陰唇を捕らえていた。

(もう、こんなに……)

愛蜜で潤んだ媚肉はトロトロに蕩けている。ゆったり擦りあげるだけで、小百合は全身を感電したように震わせた。

「はああッ、ダ、ダメぇっ」

あの小百合が淫らな声をあげて感じている。指をそっと曲げて押しつけると、女陰の狭間《はざま》に沈みこんだ。

「ま、待って……ああッ」

指の先端が膣のなかに入りこんでいる。熱い媚肉の感触が伝わり、ますます気分が高揚した。

「さ、小百合ちゃんっ」

指を引き抜くと、彼女の膝を割り開いて秘めたる部分を剝き出しにする。赤子がオムツを替えるときのような格好だ。もう身体に力が入らないらしい。内腿が左右に開かれて、サーモンピンクの陰唇が露出した。

（おおっ……）

謙治は思わず前のめりになり腹のなかで唸った。

ついに小百合の女陰を目にしたのだ。しかも、そこはたっぷりの華蜜で濡れ光っている。彼女も興奮しているのは間違いない。謙治の愛撫で感じて、こんなにも濡らしていたのだ。

（これが小百合ちゃんの……す、すごい）

もう目をそらすことができない。すぐに挿入するつもりだったが、吸い寄せられるように前かがみになっていた。そして、本能のまま陰唇にむしゃぶりついていく。愛蜜まみれの女陰に口を押し当てると、舌を伸ばして舐めあげた。

「むううッ」

「ああッ、そ、そんな、あああッ」

小百合は両手を伸ばして、謙治の頭を抱えこんだ。

すでに火がついた女体は、強引な愛撫を拒絶できない。内腿で頭を挟みこみ、陰唇をしゃぶられる快楽に溺れていく。割れ目を舐めあげるたび、女体がビクビクと痙攣した。

（俺は、小百合ちゃんのあそこを……）

愛蜜をすすっては飲みくだす。あの小百合の股間にキスしていると思うだけで、ペニスはますます硬くなった。

「ああッ……はあああッ」

舐めるほどに小百合の反応は大きくなる。

艶めかしい喘ぎ声を聞きながら、執拗に女陰をねぶりまわす。唇をぴったり押し当てて吸いあげては、膣口に舌先をねじこんだ。

「ダ、ダメっ、それ以上は……ああッ、あああッ」

喘ぎ声が切羽つまってくる。愛蜜の量も増えており、下腹部がビクビクと波打ちはじめた。

もしかしたら、このまま昇りつめるのではないか。

謙治は舌先をとがらせて膣口に挿入すると、愛蜜を弾かせながら出し入れする。かと思えば、割れ目をじっくり舐めあげて、上端にあるクリトリスを集中的にねぶりまわした。

「ああッ、ああッ、ダ、ダメっ、も、もう、あああッ、あああああッ！」

小百合は両手で謙治の頭を抱えこみ、内腿で強く挟みながら喘ぎ声を響かせる。女体が硬直したと思ったら、いっそう激しく痙攣した。

膣口から濃厚な愛蜜がドロリと流れてくる。謙治は唇を密着して吸いあげると、躊躇することなく嚥下した。

やがて硬直していた小百合の身体から力が抜けていく。後頭部にまわしていた両手が絨毯の上に落ちて、膝がしどけなく左右に開かれる。それと同時に内腿で押さえつけられていた頭が解放された。

（イッた……のか？）

謙治は上半身を起こすと、小百合の顔をのぞきこんだ。

瞳は焦点を失い、全力疾走したあとのように呼吸が乱れている。乳房はしっとりと汗ばみ、乳首は硬くとがり勃《た》っていた。

（こんなに乱れるなんて……）

普段の淑やかな姿からは想像できない乱れ方だった。

自分の愛撫で小百合を絶頂に追いあげた。長年、片想いしてきた小百合の股間を舐めしゃぶり、ついには快楽に溺れさせたのだ。

（俺が……俺がやったんだ）

かつてない興奮が湧きあがってくる。

小百合の淫らな姿を目にして、いよいよ我慢ができなくなった。ペニスは先ほどから勃起したまま、大量の我慢汁を垂れ流している。早く彼女のなかに入りたくて、ますますいきり勃っていた。

「小百合ちゃん……」

呼びかけながら女体に覆いかぶさる。視線が重なると、彼女の虚ろな瞳が微かに揺れた。

「け……謙治くん」

ようやく聞き取れるほどのささやきだった。

小百合は恥ずかしげに顔をそむけると、それきり黙りこんだ。拒絶しているわけではない。濡れそぼった股間を剥き出しにしているのは、謙治とひとつになる瞬間を待ち受けている証拠だった。

（あの小百合ちゃんが……）

興奮のあまり目の前がまっ赤に染まっている。

ついに夢が叶おうとしているのだ。謙治は鼻息を荒らげながら、これでもかと硬直したペニスを膣口に近づけた。

ガタッ――。

そのとき、大きな音がしてはっとする。謙治の足がテレビボードにぶつかり、なにかが床に落下した。

「あっ……」

「え？」

小百合が小さな声をあげれば、謙治も驚いて振り返った。

ふたりの視線の先には写真立てがある。テレビボードに飾ってあった写真が絨毯の上に落ちていた。

ちょうど写真が表になっており、ウエディングドレス姿の小百合とタキシードを着た志郎が見えている。満面の笑みを浮かべたふたりの写真を目にして、いきなり現実に引き戻された。

（志郎……）

胸の奥がチクリと痛んだ。

小百合と謙治、それに志郎の三人は仲のいい幼なじみだった。謙治にとっては仕事を紹介してくれた恩人でもある。志郎に嫉妬して避けていた時期もあるが、今は感謝していた。

体をゆっくり起こすと、小百合の顔をチラリと見やる。彼女も我に返ったのか、気まずそうな表情になっていた。

なんとも言えない微妙な空気が流れている。

志郎のことを思い出してふたりとも気が削《そ》がれた。互いに黙りこんでいるが、もうセックスをする気分ではなかった。

あれほど昂《たかぶ》っていたのが嘘のように、急激に興奮が萎《な》えていく。いきり勃っていたペニスは力を失い、頭をくったり垂れてしまう。先端を濡らしている我慢汁が、ただただ虚《むな》しかった。

「なんか……ごめん」

謙治はぽつりとつぶやいた。

もう小百合の顔を見ることができなかった。背中を向けると、そそくさと服を身に着けた。

背後で衣擦れの音がする。小百合も身なりを整えているのだろう。

なにか話しかけたほうがいいのかもしれない。しかし、彼女と目を合わせる勇気はなかった。

「帰るよ」

背中を向けたまま、独りごとのようにつぶやいた。

小百合が返事をしてくれたのかどうかはわからない。せめて、うなずいてくれたことを願った。

謙治は逃げるように、小百合の部屋をあとにした。

気温がぐんとさがっている。吐く息が白い。凍てつくような風が吹き抜けて、一瞬で体温を奪っていく。

（俺は……いったい、なにを……）

身も心も冷えきっていた。

ふいに涙腺《るいせん》が緩みそうになり、慌てて奥歯を食い縛る。謙治は肩をすくめてうつむき、街路灯が淋しげに照らす夜道をとぼとぼ歩いた。

第三章　眼鏡女子の相談

1

謙治は駅の改札に立っていた。

いつもの時間に出勤して、いつもどおりに駅を開けた。滞りなく始発電車を迎え入れて、今は町の人たちと挨拶を交わしている。しかし、平静を装っているが、心は落ち着かなかった。

昨夜のことが片時も頭から離れない。

小百合のアパートをあとにして、自室に戻るとすぐ横になった。しかし、疲れているのに、まったく眠ることができなかった。目を閉じると小百合の顔が脳裏に浮かんでしまう。

結局、明け方近くにうとうとしただけだ。そのせいか、今日は朝から体が重く、頭もすっきりしなかった。

それでも、小百合のことばかり考えてしまう。

確かに自分がやったことなのに、自分ではないような感覚だった。

芋焼酎を飲みすぎて自制が利かなくなっていた。酔いにまかせて小百合に迫ってしまった。

(俺は、なんてことを……)

思い返すと後悔の念がこみあげる。

小百合は親友の妻だ。手を出してはいけない女性だった。

ずっと彼女への想いを抱えて生きてきた。しかし、それは自分の胸にだけとどめておくべきだった。

(それなのに、俺は……)

気持ちを抑えきれなくなり欲望をぶつけていた。

だからといって、告白をしたわけではない。想いを伝えもせず、ただ本能のままに押し倒したのだ。

小百合はどう思っているのだろう。

いつもどおりなら、そろそろやってくる時間だ。会うのは気まずいが、駅員である以上、改札を離れるわけにはいかなかった。

駅舎の外に視線を向ける。

小さなロータリーの向こうに人影が見えた。グレーのスーツにコートを羽織った女性だ。小百合に間違いなかった。

謙治は制帽の鍔をそっとさげてうつむいた。

どんな顔で会えばいいのかわからない。小百合の足音が近づいてくると、自分の心臓の音が大きくなる。まだ顔をあげることができない。目深にかぶった制帽の鍔の先に小百合の脚が見えた。

勇気を振り絞り、ほんの少しだけ顔をあげる。チラリと見やれば、一瞬だけ視線が交錯した。

小百合は目礼だけして改札を通りすぎていく。

言葉を発することはなく、表情からはなにも読み取れない。昨夜のことを恥じているのか、それとも酔っていて覚えていないのか。いや、酔ってはいたが記憶がなくなるほどではないだろう。

小百合が電車に乗り、発車時刻が迫ってきた。

謙治はホームに移動すると、平常心を心がけて安全確認を行った。発車ベルを鳴らせば、電車がゆっくり動き出した。

懸命に気を張り、ホームを離れていく電車を見送った。

まっすぐ伸びる線路を見つめつづける。電車が遠ざかり、やがて豆粒のように小さくなって見えなくなった。

謙治は思わずため息を漏らしてうつむいた。

今後、小百合とどう接していけばいいのかわからない。もともと会話はほとんどなかったが、それでも顔を合わせるのを密かな楽しみにしていた。

毎朝、顔を見るだけで幸せな気持ちになった。

ずっと想いつづけているが、小百合と特別な関係になれるとは思っていない。自分には縁のない女性だとあきらめていた。

だが、本当は自分が一番よくわかっている。

顔を見るだけで幸せというのは建て前だ。小百合が親友の妻だから、自分の気持ちをごまかしてきた。本音を言えば、小百合に愛を告白し、自分を受け入れてほしかった。

(俺は、大馬鹿野郎だ……)

欲望を抑えられなかった自分自身が腹立たしい。謙治はホームに立ちつくしたまま、拳を強く握りしめた。

2

謙治は普段どおりの業務を淡々とこなしていた。

睡眠不足で疲れているので、少しペースを落としてもよかった。しかし、動いていないと、つい小百合のことを悶々と考えてしまう。だから、いつもと同じように働きつづけた。

気持ちが晴れることはない。それでも電車はダイヤどおりにやってくる。正午をすぎて、乗客がばらばらと集まってきた。

「安全よーし！」

謙治はホームに立ち、自分に気合いを入れるように指差喚呼を行った。

電車がゆっくりホームに滑りこんでくる。運転士と目礼を交わしたあと、エアコンプレッサーの音とともにドアが開いた。

数人の顔なじみ客が降りてくる。みんなこの町の住民だ。そのなかに見覚えのない若い女性の姿があった。

（めずらしいな……）

自然と視線が向いていた。

なにしろ、いつ廃線になってもおかしくない超ローカル線だ。観光地でもないこの町に、見知らぬ人が来ることはめったになかった。

二十歳《はたち》前後だろうか。黒縁のまるい眼鏡をかけた大人しい感じの女性だ。デニム地のミニスカートの裾から黒タイツに包まれた脚が伸びており、白いスニーカーを履いている。赤いダウンジャケットを着て、頭にはグレーの毛糸で編んだ帽子をかぶっていた。

大きなリュックを背負い、首から一眼レフのカメラをぶらさげている。望遠レンズがついた本格的なものだった。

（なるほど……）

謙治は思わずうなずいた。

おそらく、彼女は鉄道マニアだ。鉄道オタクとも言われている。鉄道に関することを趣味としている人たちだ。

ひと口に鉄道マニアと言っても様々なタイプに分類される。実際に電車に乗ることを楽しむ「乗り鉄」、電車の走行音や駅に流れるメロディやアナウンスなどを録音する「録り鉄」、鉄道に関するあらゆる物を集める「収集鉄」、時刻表を読むことを喜びとする「時刻表鉄」、ほかにも多くのマニアが存在していた。

彼女はカメラを持っているので、鉄道の写真を撮るのが趣味の「撮り鉄」ではないか。実際、電車から降りても改札には向かわず、カメラを手にしてホームをうろうろ歩きはじめた。

どうやら、電車を撮りたいがベストアングルが決まらないらしい。カメラを構えては移動することをくり返していた。

謙治は微笑ましい気持ちになりながら改札に向かった。

すでにみんな通過しており、窓口で待っている人もいないのを確認する。今度は電車を送り出すため、再びホームに戻った。

先ほどの女性がホームの端で片膝をついてカメラを構えていた。

車両を正面から撮ろうとしている。いいアングルが見つかったのか、その姿勢で動きをとめていた。走り出すところを連続写真で撮るつもりなのかもしれない。白線の内側で危険な場所にいるわけではないので、謙治は淡々と安全確認をして、いつものように電車を送り出した。

彼女は立ちあがり、小さくなっていく電車にカメラのレンズを向けている。何度もシャッターを切って、ようやくカメラをおろした。

それからどうするのかと思えば、ホームのベンチに腰かけて、なにやらカメラをいじりはじめる。おそらくデジカメなのだろう。撮影したばかりの写真をチェックしているようだ。

ふと三島七海のことを思い出した。

七海は東京からひとりでやってきた人妻だ。あのベンチにポツンと腰かけていたのをはっきり覚えている。夫のことで悩んでおり、いかにも危うい雰囲気が全身から滲み出ていた。

しかし、撮り鉄の彼女は、まったく危険な感じがしない。女のひとり旅という点では同じなのに、目的によって雰囲気がまるで違っていた。

(よっぽど好きなんだな)

彼女はかなりディープな鉄道マニアなのかもしれない。

ここはただの寂れた駅だ。彼女がどうしてこの駅を選んだのかはわからない。だが、人が来ないような寂れた駅を好むマニアもいると聞く。あえて、仲間内で知られていない駅をめぐっているのかもしれなかった。

特別心配する必要もないので、彼女をホームに残して事務所に戻る。いったん休憩だ。今日は弁当を持ってきていないため、湯を沸かして買い置きのインスタントラーメンで昼食にした。

休憩を終えると、まずは駅舎の前のロータリーを掃き掃除した。

枯れ葉が飛んできて吹きだまりになるのだが、あと数週間でここも雪で埋めつくされる。そうなれば掃き掃除は必要ないが、今度は雪かきをしなければならない。年配客が多いので、歩道を通りやすくするのが大変だ。大雪の日は、朝から晩まで雪かきということもめずらしくなかった。

撮り鉄の彼女はどうしているのだろう。

掃き掃除を終えると、ホームに様子を見に行った。すると、彼女はカメラを構えてホームのあちこちを撮っていた。さっきまで座っていた木製のベンチや、屋根の梁《はり》などにレンズを向けている。

そのとき、カメラから顔を離した彼女と視線が重なった。

「あ……」

彼女は小さな声を漏らすと頭をぺこりとさげる。なにやら照れた様子で頬を赤く染めあげた。

「いい写真、撮れましたか」

できるだけ穏やかな声で語りかける。

目が合っておきながら、黙って立ち去るのは感じが悪いだろう。気持ちよく駅を使っていただくように努めるのも、駅員の大切な仕事のひとつだった。

「は、はい……」

彼女は緊張ぎみに返事をした。ところが、その直後、なにか言いたげにもじもじしはじめた。

「でも……もうちょっと撮りたいんですけど」

ずっとホームに居ることを咎《とが》められたと感じたのかもしれない。遠慮がちにつぶやき、上目遣《うわめづか》いに見つめてきた。

「駅を閉めるまで、何時間でも居てもらって結構ですよ」

よほど鉄道が好きなのだろう。謙治は鉄道に携わる者としてうれしくなり、自然と頬をほころばせていた。

「ありがとうございます」

彼女は小声で礼を言うと、ほっとしたような表情を浮かべる。そして、再びカメラをいじりはじめた。

内向的な性格で人と話すのが苦手らしい。いわゆるオタク気質なのだろう。謙治はその場をすっと離れて仕事に戻った。


終電の時間が近づいてきた。

すでに日は落ちており、周囲は暗くなっていた。

謙治がホームに向かうと、先ほどの女性が落ち着かない様子で線路の先を見つめている。ベストショットを狙っているのだろう。少しずつ位置をずらしてはカメラを構え直すことをくり返していた。

「もうすぐ来ますよ。気をつけてくださいね」

念のため声をかける。今のところ白線から出ていないが、ずっとカメラをのぞいているので気になった。

「あっ……す、すみません」

彼女は驚いた様子で振り返り、慌てて頭をさげてくる。謙治が近くに立っていることにも気づいていなかった。

「よっぽど電車が好きなんですね」

「はい……」

やはり口数は少ない。小さくうなずくだけで黙りこんだので、謙治は業務に戻ろうと背中を向けた。

「あ、あの……」

独りごとのようなつぶやきだった。

足をとめて振り返ると、彼女は恥ずかしげに肩をすくめている。勇気を出して語りかけてきたのかもしれない。頬がほんのり赤く染まり、瞳が落ち着きなくキョロキョロしていた。

「話しかけてくださって……ありがとうございます」

「お礼を言っていただくほどのことでは……」

突然、礼を言われて困惑してしまう。すると、彼女は眼鏡のレンズごしに潤んだ瞳を向けてきた。

「女の鉄オタって、やっぱりヘンですよね」

彼女が言う「鉄オタ」とは、鉄道オタクのことだ。

確かに、こんな超ローカル線の駅に女性の鉄道マニアが来るのはめずらしい。友人たちと数人で来ているのなら見た覚えがある。しかし、女性ひとりというのは記憶になかった。

「女ひとりだと、ヘンな目で見られることが多くて……」

「そんなことはないですよ。よほど鉄道がお好きなんですね」

気を使って答えると、彼女は淋しげな笑みを浮かべた。

「わたし、あまり友だちがいないから……」

コミュニケーションを取るのは苦手だが、本当は人と話したいのかもしれない。だから、謙治に声をかけられて礼を言ったのだろう。

なんとなくわかる気がする。

謙治も人と話すのが得意ではない。大学時代、友だちがたくさんできていたら、東京での生活は楽しいものになっていただろう。もしそうなっていたら、生まれ故郷に戻ることなく、今も東京で働いていたかもしれなかった。

「鉄道のことでなにか聞きたいことがあったら、なんでも質問してください」

謙治は努めて明るい声で切り出した。

共感したのもあるが、それだけではない。放っておくのがかわいそうで、もう少し話しかけてあげなければと思った。

「でも……わたしがここにいたら、お仕事の邪魔じゃないですか？」

「そんなことありませんよ」

「ご迷惑だったら言ってください……」

彼女の声はどんどん小さくなっていく。自分がホームに居座ることで、謙治の業務に支障があるのではと気にしていた。

「まったく問題ないです。お気になさらないでください」

謙治は即座に否定して笑いかけた。

なかには迷惑な鉄道マニアもいると聞く。ベストな写真を撮るため、線路に立ち入ったり、場所の取り合いなどでマニア同士が喧嘩をすることもあるらしい。ほとんどの人がルールを守っているが、一部の非常識な人のせいで、鉄道マニアすべてが非難されることもあった。

「せっかくなので楽しんで帰ってください」

「ありがとうございます。こんなに親切な駅員さん、はじめてです」

声がいくらか元気になっている。唇の端には微かな笑みも浮かんでいた。

「そういえば、どちらからいらっしゃったんですか？」

「名古屋です」

そんなに遠くから、わざわざこんな田舎に来るとは驚きだ。しかも女性のひとり旅だというから、なおさら不思議な気がした。

「うちの駅はとくに目立ったものはないと思いますが」

正直、面白みのある駅ではなかった。

猫の駅長がいるわけでもなければ、蒸気機関車が走っているわけでもない。話題性に乏しく、たまにマスコミに取りあげられるのは廃線の検討についてだ。実際のところ、鉄道マニアを見かけることもほとんどなかった。

「そこがいいんです。ローカル線が好きで、いろいろなところに出かけて写真を撮っています。こんなこと、大学生のうちしかできないと思って……」

「なるほど。就職するとまとまった休みは取りにくいですからね」

見かけによらず行動力はあるらしい。地味でおとなしい感じだが、なんとなく気にかかる女性だった。

「もうすぐ電車が来ます。なにか質問があれば、のちほど」

いったん彼女のもとから離れて、電車をホームに迎え入れた。

彼女はホームを何度も行き来して、様々な角度から電車の写真を撮っている。話しているときの自信なさげな感じとは打って変わり、真剣な表情でシャッターを切りまくっていた。

町の人たちがばらばら降りて、改札に向かって歩いていく。そのなかには小百合の姿もあった。

(あっ……小百合ちゃん)

ほんの一瞬、視線が重なりドキリとする。しかし、小百合はいつもと変わらぬ様子で駅舎を出ていった。

もしかしたら、なにもなかったことにするつもりかもしれない。避けられるよりはましだが淋しい気もする。謙治は複雑な気持ちになり、遠ざかっていく小百合の背中を見送った。

「あの、駅員さん……」

小百合のことを想ってぼんやりしていると、背後から声をかけられた。振り返ると、撮り鉄の彼女が遠慮がちな表情で立っていた。

「駅員さんの写真を撮ってもいいですか?」

「わたしですか?」

「はい……電車といっしょのところを撮りたいです」

律儀に尋ねてくるところが彼女らしい。これまで勝手に写真を撮られたことはあるが、許可を求められたのはこれがはじめてだった。

「わたしでよろしければ」

謙治が答えると、彼女はひまわりのような笑みを浮かべた。

「じゃあ、発車のときに撮らせていただきます」

弾《はず》むような声が耳に心地いい。彼女が喜んでくれるから、謙治もうれしくなる。小百合のことで落ちこんでいたが、おかげで少しは気が紛《まぎ》れた。

安全確認を行って、最終電車を送り出す。カメラのレンズを向けられると思った以上に緊張するが、なんとか普段どおりを心がけた。

発車した電車が徐々に遠ざかり、やがて見えなくなる。あとは日報をつけたら一日の業務は終わりだ。

「あと十五分ほどで駅を閉めますよ」

一応、彼女に声をかけておく。すると、急に困った様子で見つめてきた。

「いろいろ聞きたかったんですけど……」

せっかくの機会なので、鉄道のことを聞きたかったらしい。慌てて考えるが、すぐには思い浮かばないようだ。

謙治としても、質問に答えてあげたい。こんな最果ての駅まで写真を撮りに来てくれたのだ。それに、なにより内気な彼女に共感している。できることなら、いい思い出を持って帰ってもらいたかった。

「宿は予約してあるんですよね」

念のため確認する。もう終電が出てしまったので、町にひとつしかない宿に泊まるしかなかった。

「はい……」

「それなら、いっしょに食事をしませんか。近くに一軒だけ居酒屋があります。そこで質問を受けますよ」

「えっ、いいんですか？」

警戒されるかもしれないと思ったが、彼女は素直に喜びの声をあげた。

謙治も少し飲みたい気分だった。小百合のことがあり、ひとりになると悶々と考えてしまうのは目に見えている。だからといって、ひとりで飲んでも結果は同じだ。それなら、彼女の質問に答えるだけでも気が紛れると思った。

「ぜひ、お願いします」

満面の笑みを浮かべて頭をさげる。若い女性が無防備すぎるが、そういう素直なところに好感が持てた。

「じゃあ、少し待っていてください」

謙治は事務所に向かうと、急いで日報の作成に取りかかった。

3

彼女の名前は西村琴子《にしむらことこ》、二十歳の女子大生だという。道すがら謙治も簡単に自己紹介をしておいた。

「味のあるお店ですね」

テーブルを挟んで座った琴子が、眼鏡の奥で瞳をキラキラ輝かせてつぶやいた。

町で唯一の居酒屋は、カウンターに六席、ふたりがけのテーブル席がふたつしかない小さな店だ。老夫婦が営んでいる町の人たちの憩《いこ》い場だった。

「海の幸がおいしいんだ。ご馳走するから好きな物を頼んでいいよ」

仕事中ではないので、口調もくだけたものに変えて語りかけた。

「えっ、でも……」

「いいんだ。ひとりよりふたりで食べたほうが、よりおいしいからね」

謙治がそう言うと、琴子は楽しげにメニューを眺める。そして、サラダとホタテのバター焼きを遠慮がちにリクエストしてきた。

「いいね。じゃあ、それにホッケと毛ガニも頼もうか」

「わあ、食べたいです」

「お酒は飲めるの？」

明日も仕事なので深酒はできない。しかし、せっかく居酒屋に来たのだから、少しくらいは飲みたかった。

「そんなに強くはないですけど」

琴子が期待に満ちた瞳を向けてきた。

口では「強くない」と言っているが、じつはかなりいける口かもしれない。それなら飲みながら話したほうが楽しいに決まっている。とくにビールが好きだというので、中ジョッキをふたつ頼んだ。

（それにしても……）

ついつい視線が琴子の胸もとに向いてしまう。

ダウンジャケットを脱いだことで、Vネックの赤いセーター姿になっている。襟もとからのぞいている乳房の谷間が気になって仕方がない。しかも、身体にフィットするデザインなので、乳房のまるみが浮きあがっていた。

黒縁眼鏡の内向的な女性だが、身体はかなり魅力的だ。白い首筋も色っぽくて、先ほどから気になって仕方なかった。

「まずは乾杯しようか」

「では、カンパーイ！」

ビールが運ばれてくると、さっそく乾杯した。ジョッキを合わせて、よく冷えたビールを喉に流しこむ。仕事の後のビールは格別にうまかった。

「琴子ちゃんは――」

少し迷ったが名前で呼んでみる。

苗字で呼ぶのは堅苦しい。謙治も人と話すのが苦手だからこそ、場の空気を和《なご》ませたいと思う。どうせなら肩の力を抜いて楽しく飲みたかった。

「ローカル線が好きだって言ってたよね」

「自然のなかを走っている電車が好きなんです。一両編成だと、なおさら雰囲気がありますよね」

彼女は「撮り鉄」なので、写真に残すことを第一に考えるのだろう。ホームでもアングルをしきりに気にしていた。

「日が暮れてからの写真も好きなんです。ローカル線の哀愁が出る気がするんですよね。昼間とはまた違う雰囲気がいいんです。でも、必ず昼間の写真とセットでアルバムに保存しています」

どうやら、電車のことになると饒舌《じょうぜつ》になるらしい。琴子は眼鏡のブリッジをときどき指で押しあげながら一気に話した。

「いろいろ、こだわりがあるんだね」

彼女が鉄道を語る姿を目にして、微笑ましい気分になる。夢中になれるものがあるのは楽しそうだった。

「あっ、ごめんなさい、わたしばっかり……」

琴子がはっとした様子で肩をすくめる。語りすぎたと思ったのか、頬をぽっと染めあげた。

「楽しそうでいいよ。俺は仕事ばっかりだから……」

「ご趣味はないんですか。好きなものとか」

「好きなもの……」

そう言われて、まっ先に思い浮かんだのは小百合の顔だった。

ずっと小百合のことを見つめてきた。この町を離れている間も、彼女のことだけは忘れなかった。いや、忘れられなかった。自分でも気づかない間に、想いは抱えきれないほど大きくなっていた。

(俺は、小百合ちゃんを……)

昨夜のことを思い出すと胸が苦しくなる。ふたりきりになったことで、小百合への気持ちが暴走してしまった。

「高杉さん？」

琴子が顔をのぞきこんでくる。謙治が黙りこんだので心配になったらしい。なにやら不安げな瞳で見つめてきた。

「趣味とかないんだよな……」

なにか言わなければと思ってつぶやいた。

実際、趣味と呼べるほどのものはない。たまに釣りに行くことはあるが、単なる暇つぶしだった。

「おっ、来た来た」

料理が運ばれてきたので、慌てて話題を切り替えた。

サラダとホッケ、毛ガニとホタテのバター焼きだ。バターのいい香りがひろがり、食欲がそそられた。

「わあ、おいしそう」

「どんどん食べてよ」

「はい、いただきます」

琴子がサラダを取りわけてくれる。コミュニケーションを取るのは苦手かもしれないが、きちんと気を使える女性だった。

「このホッケ、脂《あぶら》が乗っててすごくおいしいです」

確かに羅臼《らうす》産のホッケは身が厚くて、じつに食べ応えがある。ビールが進み、おかわりを注文した。

「ホタテも大粒ですね。こんなに大きいの見たことないです」

琴子がはしゃいだ声をあげている。熱々のところに醤油をかけて食べると最高にうまかった。

「やっぱり北海道ですね。こんなにおいしいものを毎日食べてるんですか？」

毛ガニを口に運びながら琴子がたずねてくる。道外の人たちはよく勘違いしているが、北海道に住んでいてもカニを食べることはめったになかった。

「正月とか、本州からお客さんが来たときしか食べないよ」

「へえ、そうなんですか」

「やっぱり高価なものだからね。食べるのは特別な日だけだよ」

謙治が答えると、琴子はチラリとこちらに視線を向けた。

「今日は……よかったんですか？」

「もちろんだよ。琴子ちゃんが喜んで食べてくれるんだから、やっぱり連れてきてよかったよ」

さらにビールをグイグイ飲んでおかわりを頼んだ。

その後も鉄道のことや写真のことなど、あれこれ話しながら飲みつづけて、楽しい時間が過ぎていった。

「おっ、もうこんな時間か」

気づくと夜十時になっていた。

田舎の夜は早い。この店も閉店は十時だ。客がいないときは、九時に閉まることもあった。

「そろそろお開きにしようか」

謙治が告げると、とたんに琴子の表情が陰ってしまう。先ほどの楽しい空気から一転して、悲しげな瞳になっていた。

「そう……ですよね」

ぽつりとつぶやき顔をうつむかせていく。なにか思いつめているような表情が気になった。

とにかく、会計をして外に出る。気温がだいぶさがっており、思わずブルッと震えあがった。

「宿まで送るよ」

ふたり並んで歩きはじめる。旅館は国道沿いにあるが、街路灯が少ないことに変わりはない。田舎の国道はこんなものだ。昼間ならともかく、この時間になると車はほとんど走っていなかった。

外に出てから琴子は黙りこんでいる。うつむき加減に歩いているのは、寒さだけが原因ではないだろう。

「琴子ちゃん？」

深刻そうな表情が気になって声をかける。すると、琴子はいきなりぴたりと立ちどまった。

「もう少しだけ……お話できませんか」

やけに真剣な瞳を向けてくる。

いったい、なにがあったのだろう。話をするのは構わないが、この町には他に店がない。唯一の居酒屋はもう閉まってしまった。

(困ったな……)

謙治は顎に手を当てて考えこんだ。

　一瞬、駅の宿直室を思い浮かべるが、すぐに首を振って打ち消した。七海と身体の関係を持った記憶が強く残っている。またあそこに女性を連れこむのは、下心がないとはいえ気が引けた。

　あとは琴子が泊まる旅館か、謙治のアパートしかない。しかし、ふたりきりになるシチュエーションは避けるべきだろう。

「高杉さんのお家に行ってもいいですか？」

　琴子のほうから提案してくる。まさか、そんなことを言い出すとは意外だった。

「いや、それは……」

「やっぱりダメですか」

　肩を落とした琴子を見て、謙治は困惑してしまう。なにか悩みを抱えこんでいるのだろうか。

「出会ったばかりの男の家に行くのは、やめたほうがいいと思うよ」

　もちろん、手を出すつもりはない。しかし、一般論として若い彼女を諭《さと》したつもりだった。

「でも、高杉さんは大丈夫ですよね」

　琴子が潤んだ瞳で見あげてくる。信用されていると思うと、なおさら突き放すことはできなかった。

「ま、まあ……俺は安全だけど……」

「それなら、相談に乗っていただけませんか」

懇願するように言われて、謙治はどうしても突き放すことができなかった。

4

「きれいにされてるんですね」

アパートに到着すると、琴子は驚いた様子でつぶやいた。

「男の人の部屋って、もっと散らかっているのかと思いました」

確かに男やもめの部屋にしては、片づいているほうかもしれない。六畳のダイニングキッチンに置いてあるのはテレビと卓袱台《ちゃぶだい》、それに洋服タンスとカラーボックスくらいだ。奥の四畳半の洋室にはベッドしかなかった。

「なにしろ趣味がないからね」

謙治は苦笑してつぶやいた。

押し入れに釣り竿《ざお》があることを思い出したが、わざわざ自慢気に見せるほどの物ではない。部屋は片づいているというより、がらんとしていた。休みの日は溜まっていた洗濯をして、掃除機をかけるようにしている。きれい好きなわけではなく、それくらいしかすることがなかった。

「すぐに暖かくなるから」

石油ファンヒーターのスイッチを入れて、謙治はキッチンに向かう。そして、やかんを火にかけながら声をかけた。

「コーヒーでいいかな。インスタントしかないけど」

「はい……」

琴子は小声で返事をすると、グレーの絨毯の上に腰をおろした。

「あっ、クッションを使いなよ」

床に転がっていたクッションを彼女の隣に持っていく。すると琴子はペコリと頭をさげて、その上に座り直した。

インスタントコーヒーをマグカップに入れて湯を注ぐ。スプーンで軽くまぜてからマグカップを卓袱台に運んだ。

「ミルクはないんだ。牛乳でいいかな」

「ブラックで大丈夫です」

気を使ってくれたのかもしれない。だが、謙治はそれ以上なにも言わず、床に腰をおろした。

ファンヒーターの音だけが響いている。謙治が購入したものではなく、アパートに備えつけのものだ。なにしろ北海道は冬が厳しいので、エアコンはなくても暖房器具は大抵のアパートにあらかじめ設置されていた。

部屋が狭いので、すぐに暖かくなってくる。琴子はなにか言いたげな顔をしているが、口を開くきっかけがつかめないようだった。

「やっぱり……ヘンですよね」

しばらくして、琴子が小声でつぶやいた。

「なにがヘンなの？」

「男の人の部屋にいきなり来るなんて……」

先ほど謙治が注意したことを気にしているのかもしれない。クッションの上に横座りして、顔をうつむかせていた。

「気をつけたほうがいいのは確かだよ。悪いやつもいるからね。あっ、でも俺は違うから安心して」

わざと軽い調子で言ってみる。深刻な顔をしている琴子を、少しでも楽にしてあげたい一心だった。

「そういうところが、ダメなんですね」

琴子はなにやら自嘲的につぶやき、小さなため息を漏らした。

そして、謙治の顔をチラリと見あげてくる。彼女はひとりで納得しているが、謙治にはなにを言いたいのか、さっぱりわからなかった。

「わたし、ローカル線の写真ばっかり撮ってるんです。ローカル線が好きっていうのもあるんですけど、それだけじゃないんです」

琴子は感情を抑えこんでいるのか淡々と語っている。抑揚のない口調が、かえって抱えているものの大きさを予感させた。

「都会の電車はいつでも撮れるし、人混みが苦手だから……」

彼女は名古屋在住だという。たくさんの路線が入り乱れている大都会だ。当然ながら利用客の人数もかなりのものだろう。

「ううん……人混みというより、人と話すのが苦手なんです」

「それは俺も同じだよ」

謙治が駅のホームで彼女に話しかけたのは、自分と同じ匂いを感じたからだ。どこか淋しげに見えたから気にかかった。

「やっぱり、そうなんですね」

どうやら、彼女も謙治のことを同類だと認識していたらしい。二十歳の琴子から見ても、コミュニケーションが苦手だとわかったのだろう。

「だから、高杉さんなら相談に乗ってもらえると思ったんです」

いよいよ本題に入るらしい。謙治は内心身構えて、彼女の言葉に耳を傾けた。

「鉄道以外のことになると、男の人と上手く話せなくて……」

琴子の声が硬くなっている。よほど悩んでいたのだろう、いつしか瞳が潤んで涙が溢れそうになっていた。

（もしかして、恋の悩みか……）

そうだとすると、謙治には答えられない。一番苦手な分野だ。謙治の方こそ、相談に乗ってもらいたいくらいだった。

「男の人の考えていることがわからないんです」

琴子は二十歳の女子大生だ。同じような悩みを抱えている女性は多いだろう。本当は謙治などに相談するより、同年代の友人と話したほうが解決するのではないか。しかし、彼女は友だちが少ないと言っていた。

「なるほど……」

なにかアドバイスをしてあげなければと思う。だが、その一方でいい加減なことは言えないという気持ちも湧きあがっていた。

「じつは、ちょっといいなと思っている人がいるんです。でも、わたしって鉄オタじゃないですか。しかも、処女って重くないですか？」

あまりにもさらりと言うので、危うく聞き流しそうになった。しかし、彼女の顔を見つめ返すと、恥ずかしげに頬を赤く染めあげた。

（しょ、処女なのか……）

どうして、そんなことを打ち明ける必要があるのだろう。謙治は平静を装いながらも内心激しくとまどっていた。

「男の人って、処女だとめんどくさいって思いませんか？」

「そ、それはどうかな……人によるんじゃないかな」

あやふやな言葉を返すことしかできない。確かに処女を重いと感じる男もいるだろう。だが、喜ぶ男もいるのは間違いなかった。

「でも、わたしは早く処女を捨てたいと思っています」

琴子はきっぱり言いきると、眼鏡のレンズごしにまっすぐ見つめてきた。

「よく考えてからのほうが……」

「もう二十歳です。わたしみたいに根暗なオタクが処女だったら、絶対に敬遠されちゃいます」

肯定も否定もできない。謙治が言いよどむと、琴子はぐっと前のめりになった。結果として顔が目の前に迫り、妙にドキドキしてしまう。

「高杉さんはどう思いますか？」

「ど、どうって言われても……」

「高杉さん個人の意見が聞きたいです」

やけにグイグイ迫ってくる。これだけ異性と話せるのなら充分だと思うが、相手が好きな人になるとそうはいかないのだろう。

「琴子ちゃんの場合、もっと自分に自信を持ってもいいと思うな」

間近で見たことで、瞳がきれいな光を放っていることに気がついた。黒縁のまるい眼鏡が、オタクっぽさに拍車をかけているのではないか。眼鏡を取ったら、どんな雰囲気になるのか気になった。

「自信なんか持てません」

琴子は悲しげな顔になってつぶやいた。

「ちょっとだけ、眼鏡を取ってもいいかな」

謙治は両手を伸ばすと、彼女の眼鏡の蔓《つる》をつまんだ。そして、そっとはずして素顔をまじまじと見つめた。

「やっぱり……すごくかわいいよ」

思わず感嘆の声が溢れ出す。

目がぱっちりしており、美少女といっても過言ではなかった。化粧っ気がなくてこれほどかわいいとは驚きだ。想像していた以上で、思わず見惚れてしまった。

「そういうの、別にいいですから」

琴子は本気にしていないのか、首を左右に振っている。だから、謙治はなおさら力説した。

「本当にかわいいよ。絶対コンタクトレンズにしたほうがいいって」

「ウソ……からかわないでください」

目の下が桜色に染まっていく。それがまた愛らしくて、謙治はますます彼女の顔を凝視した。

「からかってないよ。琴子ちゃんはもっと自信を持っていいんだよ」

「なんか……恥ずかしいです」

琴子は両手を火照《ほて》った頬に当てて、腰をくねくねとくねらせる。羞恥のせいか瞳がしっとり潤んでいた。

「コンタクトレンズにしたら、すごくモテると思うよ」

「じゃあ……処女を捨てたら完璧ですね」

どうしても処女であることが気になるらしい。琴子はなぜか謙治の目をじっと見つめてきた。

「高杉さんにお願いしてもいいですか？」

琴子があらたまった様子で語りかけてくる。謙治は意味がわからず、首をかしげて見つめ返した。

「高杉さんは大人だから安心できます。近くに住んでいるわけでもないので、ばったり会って気まずくなることもないから——」

「ちょ、ちょっと待って。なにを言ってるのかな？」

いやな予感がして彼女の言葉を遮《さえぎ》った。

「まさかと思うけど、はじめての相手を……」

「はい。お願いします」

恐るおそる尋ねると、琴子は真剣な表情でうなずいた。

「い、いや、それはダメだよ。そういうことは本当に好きな人としないと」

「でも、処女は重いって思う人もいますよね」

「そ、それは……」

「やっぱり、高杉さんも重いって思ってるんですね」

言葉につまると、すかさず琴子が突っこんでくる。人と話すのが苦手と言っていたのに、謙治はあっという間に追いつめられた。

「わたしのこと、かわいいって言ってくれたのはウソなんですか？」

「ウソじゃない。それはウソじゃないよ」

「それならいいじゃないですか」

勢いに押されて、なにも言い返せなくなってしまう。そのとき、琴子がチュッと口づけしてきた。

「なっ……」

柔らかい唇の感触にドキリとする。驚いて見返すと、琴子は瞳に涙をいっぱい湛えていた。

「わたしのファーストキスです」

衝撃的な告白だった。

琴子は自分からファーストキスをしかけたことになる。謙治に恋愛感情を抱いているわけではない。それなのに、勇気を振り絞ってファーストキスを捧げたのだ。これが彼女の覚悟の表れだった。

「ど、どうして……」

「わたし、本気です。処女をもらってください」

決意の強さが伝わってくる。琴子は勢いではなく、本気で謙治にヴァージンを奪ってほしいと願っていた。

5

「本当にいいんだね」

謙治があらためて語りかけると、琴子は無言のままこっくりうなずいた。

ふたりは寝室に移動して、ベッドに並んで腰かけている。結局、琴子に押しきられる形で、はじめての相手をすることになった。

迷いがないと言えば嘘になる。しかし、琴子はファーストキスを捧げてまで、今ここで処女を捨てることを望んでいた。そんな彼女の覚悟を突っぱねることはできなかった。

「はい……わたしの処女……奪ってください」

琴子が濡れた瞳で懇願してくる。強い気持ちが伝わってくるから、謙治も遠慮するのはかえって失礼だと思った。

「琴子ちゃん」

琴子の肩にそっと手をまわす。セーターの上から軽く触れただけで、女体がビクッと小さく跳ねあがった。

できるだけやさしく抱き寄せる。琴子は身を硬くしているが、抗うことなく寄りかかってきた。彼女の顎に指を添えて、うつむいていた顔をあげさせる。そして、まずは唇を重ねていった。

「ンっ……」

琴子は身体を小さく震わせるが、目を閉じてじっとしている。唇は緊張度合いを示すように固く閉ざされていた。

先ほどは表面が軽く触れるだけだったが、大人のキスを教えるつもりだ。まずは舌を伸ばして、唇をそっと舐めてみる。そして、合わせ目に押し当てると、ゆっくり押しこんでいった。

「あっ……ンぅっ」

琴子の唇からとまどいの声が溢れ出す。

さっきのがファーストキスなので、当然ながらディープキスははじめてだ。男の舌がヌルリッと入りこみ、困惑した様子で眉を八の字にたわめていた。

だが、まだこんなものではない。謙治は口のなかをゆっくり舐めまわしていく。頬の内側や歯茎を時間をかけてしゃぶり、さらには奥で怯えたように縮こまっている舌をからめとった。

（こんなに柔らかいのか……）

謙治は心のなかで思わずつぶやいた。

二十歳の女子大生の舌は、今にも溶けてしまいそうなほど柔らかい。琴子はどうしていいのかわからない様子で、ただじっとしている。そんな初心《うぶ》な反応も、謙治の欲望を燃えあがらせた。

「はンンっ」

舌をねっとり吸いあげれば、またしても琴子が小さな声を漏らす。

なおも口のなかを舐めまわしていると、力んでいた女体から徐々に力が抜けはじめる。執拗なディープキスで、少しずつ緊張がほぐれてきたのかもしれない。眉は八の字に歪んだままだが、腰が微かにくねりはじめた。

（ああっ、琴子ちゃん）

謙治はいつしか夢中になり、琴子の舌を吸いまくった。

甘い唾液をすすりあげては嚥下する。反対に唾液を注ぎこめば、琴子はためらいながらも喉を鳴らして飲みくだした。

「あふっ……はンンっ」

密着した唇の隙間から、琴子がときどき色っぽい声を漏らすのも興奮を誘う。さらに舌を吸いあげては口内を舐めまわす。そうしながら、セーターに包まれた乳房のふくらみに手のひらをそっと重ねた。

「ンンンっ」

琴子は驚いた様子で目を開けるが、決して抗うことはない。再び睫毛《まつげ》を静かに伏せたので、謙治はディープキスをしたまま、セーターの上から乳房をこってり揉みしだいた。

またしても女体に力が入っている。服の上からとはいえ、乳房を揉まれて緊張感が高まっているようだ。

「大丈夫……怖くないよ」

謙治は唇を離すと、できるだけやさしく語りかけた。

「は……はい」

琴子の声は今にも消え入りそうなほど小さい。見つめてくる瞳は不安そうに潤んでいた。

「やめてほしくなったら言うんだよ。すぐにやめるから」

処女を捨てたいと願っていても、はじめてなので怖いに決まっている。少しでも楽にしてあげたくて語りかけると、琴子はこっくりうなずいた。

セーターの裾に指をかけて、ゆっくりまくりあげていく。すぐに白くて平らな腹が見えてくる。小さな臍《へそ》が愛らしい。さらにセーターを引きあげると、淡いピンクのブラジャーが現れた。胸の谷間に赤いリボンがあるだけのシンプルなデザインだ。

琴子はまっ赤に染まった顔をそむけている。下着を見られただけでも激烈な羞恥に襲われているのだろう。しかし、謙治の興奮はさらに大きくなっている。彼女が恥じらうほどに欲望がふくれあがった。

セーターを頭から抜き取ると、彼女が上半身に身に着けているのはブラジャーだけになる。女体を抱きしめるようにして、背中に両手をまわしてホックをはずす。ブラジャーを取り去れば、若さ弾ける乳房が露になった。

（これが、琴子ちゃんの……）

謙治は思わず息を呑んだ。

琴子の乳房は小ぶりだが張りがある。七海や小百合のような迫力はないが、小高く盛りあがった双乳は瑞々《みずみず》しかった。新雪のように白い肌が眩《まばゆ》く輝いており、ヴァージンらしく乳首は薄ピンクで、新鮮な果実を思わせる乳房だった。

おそらく、裸体を男の前でさらすのはこれがはじめてだろう。琴子は恥ずかしさのあまり、もはや声をあげる余裕もないようだ。顔を思いきりそむけて、両目をギュッと閉じていた。

蛍光灯の明かりが、若い双つのふくらみを煌々《こうこう》と照らしている。琴子はスカートの太腿の上に乗せた両手を小さく握りしめていた。

「力を抜いて……大丈夫だから」

謙治は興奮を抑えてささやきかけると、乳房に手のひらを重ねていく。滑らかな肌の感触を味わうように、乳房の表面をゆったり撫でまわした。

「ンっ……」

乳首が擦れたことで、琴子の唇から小さな声が溢れ出す。それと同時に剝き出しの肩がピクッと跳ねあがった。

「痛かった？」

念のため語りかけるが、彼女は目をつぶったまま返事をしない。羞恥が頭を埋めつくして、謙治の声が聞こえていないようだった。

さらに乳房を撫でまわす。表面を軽く擦るだけのソフトな愛撫だ。やはり琴子は身を硬くして反応しない。謙治は処女の新鮮な柔肌を手のひらで感じて、ひときわ柔らかい乳首をじっくり転がした。

処女を相手にするのは、これがはじめてだ。不安に駆られている琴子を怖がらせたくない。謙治は未開の地に踏みこむ興奮を覚えながら、できるかぎりやさしい愛撫を心がけた。

琴子は目を強く閉じて、肩をすくめたままじっとしている。しかし、なにも感じていないわけではないようだ。

「ンっ……ンっ……」

唇の隙間から微かな声が溢れている。乳首が擦れるたび、ときおり身体に小さな震えが走り抜けた。

左右の乳房を交互にゆったり愛撫する。円を描くように撫でまわせば、手のひらに触れている乳首が少しずつふくらんできた。隆起してきたかと思うと、瞬く間にコリコリと硬くなった。

「あンっ……」

琴子の唇から漏れる声が甘さを帯びる。本人もそのことに驚いたのか、はっとした様子で目を開いた。

「声を出してもいいんだよ」

「で、でも……ああンっ」

硬くなった乳首が感度を増しているらしい。手のひらで転がすたび、女体が震えて甘い声が溢れ出した。

指をそっと曲げて柔肉にめりこませる。小ぶりの乳房は柔らかいだけではなく適度な弾力があり、謙治の指をしっかり押し返してきた。その感触に惹かれて、双つの乳房を交互に揉みまくった。

「そ、そんな……胸ばっかり……」

琴子がつぶやいたのをきっかけに、乳首をそっと摘まみあげる。とたんに女体がビクッと震えて、眉が困ったように歪んでいった。

「やっぱり、ここが感じるんだね」

人差し指と親指でじっくり転がしていく。すると、乳首はますます硬くなり、それにつれて感度も上昇した。

「ああっ……」

ヴァージンなのに乳首をいじられて感じている。愛らしい琴子の顔がどんどん色っぽく変化していく。はじめて男から性感帯を刺激されたことで、とまどいながらも喘ぎ声を漏らしていた。

「こ、声……出ちゃう」

「気持ちがいいんだね」

「は、恥ずかしい……はンンっ」

すでに双つの乳首は硬く隆起している。琴子は不安げな瞳を向けながらも、半開きになった唇から甘い声を漏らしていた。

デニム地のミニスカートのなかで、黒いストッキングに包まれた内腿を擦り合わせている。乳首への刺激が全身にひろがっているのかもしれない。しきりに腰をよじらせる姿が悩ましかった。

（そろそろだな……）

次の段階へと移行してもいいだろう。

彼女の膝に手を乗せて撫でまわす。さらに太腿へ移動させると、ストッキングごしに若い肉づきを楽しんだ。

琴子は全身を緊張させている。顔をうつむかせて、内腿をぴったり寄せていた。はじめての愛撫にとまどっているのは明らかだ。それでも、女体はヒクヒクと反応していた。

謙治はミニスカートに手を伸ばすと、ボタンをはずしてファスナーをじりじりおろしていく。そして、ウエスト部分に指をかけて脱がそうとすれば、琴子は尻を少し浮かせて協力してくれた。

ミニスカートを引きさげてつま先から抜き取った。黒いストッキングに包まれた下半身が露になる。淡いピンクのパンティがうっすらと透けているのが、牡の劣情を激しく煽《あお》った。

(今から、この子と……)

セックスすると思うと股間が熱くなる。すでにペニスは硬くそそり勃《た》ち、スラックスの前を大きくふくらませていた。

謙治も急いで服を脱ぎ捨てていく。最後にボクサーブリーフを引きおろすと、硬直した男根が跳ねあがった。すると、琴子が恥ずかしいくらいに勃起しているペニスにチラリと視線を向けた。

「あっ……」

黒光りする肉棒を目にして、恐怖が芽生えたのかもしれない。その瞬間、琴子の頬がこわばった。

「見るの、はじめてだよね」

謙治が尋ねると、彼女はペニスを見つめたまま微かに顎を引いた。

逞《たくま》しい肉棒に圧倒されているのか、もう目を離せないようだ。まるで蛇ににらまれた蛙《かえる》のように全身を硬直させていた。

「怖くないよ。触ってみようか」

声をかけるが琴子は動かない。怯えたような瞳で謙治の目を見つめてきた。

「噛みつかないから大丈夫だよ」

「で、でも……」

琴子はとまどった声を漏らしてもじもじしている。太腿の上に置いた手を何度も握ったり開いたりしていた。

興味はあるが勇気が出ないのだろう。ペニスに触れてみたいが、恥ずかしさが先に立っているのかもしれない。だから、謙治は彼女の手首をつかむと、自分の股間へと導いた。

「触ってごらん」

「は……はい」

恐るおそる指を伸ばしてくる。指の先端がほんの少し肉胴に触れた瞬間、彼女は驚いた様子ですぐに引っこめた。

「硬い……」

「今度はにぎってみようか」

謙治がうながすと、琴子は再び手を伸ばしてくる。一度触れたことで抵抗がなくなったのか、それほど躊躇《ちゅうちょ》することなく太幹に指を巻きつけた。

「硬くて……熱いです」

ささやくような声だった。

勃起したペニスの感触に驚き、興味津々《しんしん》といった感じで見つめている。女性の身体にはない硬さと熱気が、琴子の心を惹きつけているようだ。

「ううっ……」

ペニスを握られて、謙治の興奮はさらにふくれあがる。もう自分を抑えているのがむずかしくなってきた。

女体を押し倒してベッドの上に横たえる。ストッキングを引きおろせば、股間にぴったり張りつく淡いピンクのパンティが露になった。

琴子はまっ赤に染まった顔を両手で覆い隠している。最後の一枚を脱がされることを覚悟してるのだろう。謙治はパンティのウエスト部分に指をかけて、ゆっくりおろしていった。

（こ、これは……）

琴子の恥丘が見えてきた。

陰毛は繊毛のように細くて、しかもわずかしか生えていない。白い地肌が透けており、中央に走る亀裂まで確認できる。内腿をぴったり閉じているのも、かえって牡の劣情をかき立てた。

彼女の膝をつかんで左右にゆっくり割っていく。下肢をM字形に押し開けば、ついに隠されていた股間が露出する。白い内腿の中心部に、まだ誰も触れたことのない陰唇が見えていた。

まさしくヴァージンといった感じのミルキーピンクだ。艶々《つやつや》と光り輝く二枚の陰唇は、乳首への愛撫で反応したのかしっとり濡れていた。

「ああっ……た、高杉さん」

それまで黙っていた琴子の唇から羞恥の声が溢れ出す。さすがに女陰を見つめられて、黙っていられなくなったらしい。両手で顔を覆ったまま、首をゆるゆると左右に振りたくった。

「もう少し濡らしておこうね」

謙治は正常位の体勢で覆いかぶさり、亀頭の先端を陰唇に軽く押し当てた。

「あっ……」

女体がビクッと震えて、琴子が指の間から見あげてくる。いきり勃ったペニスをいつ挿入されるのかと怯えていた。

「大丈夫、まだ挿《い》れないから」

声をかけてから、亀頭で陰唇をなぞりあげる。腰を少し揺らして、割れ目をゆっくり刺激した。

「ンっ……あンっ」

琴子が顔から手を離して、とまどった声を漏らす。見あげてくる瞳は、羞恥と不安に染まっていた。

謙治はなおも亀頭を擦りつけていく。二枚の陰唇の合わせ目を、上下に何度も擦りあげた。やがて愛蜜と我慢汁がまざり合い、湿った音が響きはじめる。滑りもよくなり、自然と快感が大きくなった。

「琴子ちゃん……」

もう謙治のほうが我慢できない。愛撫に時間をかけているうちに限界近くまで昂っていた。彼女のなかに挿れたくて仕方なかった。

体勢を整えると、膣口に亀頭を押し当てる。雰囲気で察したのか、琴子の頰がこわばった。

「た、高杉さん……」

「いいんだね」

今さら確認する必要はないと思ったが、目が合うと尋ねずにはいられない。すると、彼女はこっくりうなずいた。

「お、お願いします」

今にも泣き出しそうな瞳で見あげくる。怯えた顔を見るとかわいそうになるが、これは彼女が望んだことだった。

「いくよ」

ひと声かけてから、ペニスをゆっくり押しつける。亀頭が陰唇を押し開き、膣口にズブズブと沈みこんだ。

「あうッ！」

琴子の唇から喘ぎとも呻《うめ》きともつかない声が溢れ出す。女体が仰け反り、身体の両脇に置いた手でシーツを強く握りしめた。

ペニスが膣内に入りこみ、先端が行き止まりにぶつかっている。おそらくこれが処女膜だ。軽く押してみると弾力があり、簡単には突き破れそうにない。琴子は緊張しているのか、両目を閉じて全身を硬直させていた。

(よし、いくぞ……)

ここまで来たら、ひと息に突きこむしかない。謙治は彼女のくびれた腰を両手でしっかりつかみ、途中まで埋めこんだペニスを体ごと押しこんだ。

「ふんんッ!」

亀頭の行く手を阻《はば》んでいた膜が、ミシッという感触とともに破れるのがわかる。急に抵抗がなくなり、ペニスが一気に根元まで埋まっていた。

「はううぅッ」

琴子の顎が勢いよく跳ねあがる。ついにヴァージンを卒業した瞬間だ。女体がさらに仰け反り、唇から苦しげな声が溢れ出した。

「いッ……いううッ」

奥歯を食い縛って呻いている。

もしかしたら「痛い」と言いたいのをこらえているのではないか。喉もとまで出かかっているが、懸命にこらえているのだろう。謙治に気を使わせまいとしているに違いなかった。

「入ったよ。これで琴子ちゃんは処女じゃなくなったんだ」

動きをとめて語りかける。琴子は苦しげに顔を歪めたまま、微かに顎を引いてうなずいた。

「う……うれしい」

かすれた声が痛々しい。記念すべきロストヴァージンだが、うれしさより苦しさのほうが大きく見える。それでも、琴子は涙を流しながら微笑んだ。

「た、高杉さん……あ、ありがとうございます」

「もう抜こうか？」

見かねて声をかける。無理をしているのがわかるから、このまま腰を振る気にはならなかった。

「つ、つづけてください」

いくら頼まれても、これ以上、彼女が苦しむところは見たくない。謙治は結合を解こうとして、ペニスをゆっくり後退させた。

「ま、待って」

琴子が両手を謙治の尻にまわしこんでくる。ペニスを抜こうとしたところを、彼女は逆に力強く引き寄せた。

「あああッ」

「ちょ、ちょっと……なにやってるの？」

再び亀頭が膣道に沈みこみ、肉棒が深くまで突き刺さった。

琴子は苦しげに眉根を寄せている。それでも、まだ謙治の尻をしっかり引き寄せたままだった。

「さ、最後まで……ちゃんと……」

どうやら、ペニスを突きこんで処女膜を破るだけでは違うらしい。中途半端なところで中断するのがいやなのだろう。

「でも……」

頼まれたからといっても、さすがに躊躇してしまう。彼女は明らかに痛がっているのに腰を振るのは気が引けた。

「ま、まだ途中だから……お、お願いします」

琴子が涙を流しながら懇願してくる。見あげてくる瞳から彼女の強い決意が伝わってきた。

「よ、よし……わかった」

こうなったら謙治も腹をくるしかない。できるだけ彼女に痛みを与えないように注意して、腰をゆったり振りはじめた。

「ンッ……ンンッ」

すぐに琴子の唇から呻き声が溢れ出す。額に玉の汗が滲み、男根の動きに合わせて腰を震わせる。はじめて膣壁を擦られる刺激に驚いているのか、彼女の白い下腹部がヒクヒクと波打った。

(ううっ、すごい締まりだ)

謙治は思わず全身の筋肉に力をこめた。

つい先ほどまで処女だったせいか、かつて経験したことのない猛烈な締まりだ。柔らかい媚肉でペニス全体が思いきり絞りあげられて、いきなり快感の波が押し寄せてきた。

この調子で刺激を受けつづけると、ピストンしなくても呆気なく達してしまう。休んでいても意味がないので、ゆったり腰を振りつづける。スローペースで男根を出し入れして、膣のなかをかきまわした。

「はンンッ……あンンッ」

琴子は涙を流しながら腰を痙攣させている。はじめて受け入れたペニスの刺激に驚き、媚肉も激しく蠢《うごめ》いていた。

「こ、琴子ちゃん……やめてほしかったら言うんだよ」

声をかけながら腰を振る。謙治は早くも限界を感じており、もはや我慢汁がとまらなくなっていた。

「つ、つづけて……ください……ああンッ」

ふいに琴子が甘い声を漏らして腰をよじった。

膣とペニスがなじんできたのかもしれない。破瓜《はか》の痛みがこれほど早く消えるとは思えないが、それでも多少は楽になったのではないか。彼女の表情も苦しいだけではなくなっていた。

「このまま動いても大丈夫？」

「は、はい……だいぶ、慣れてきました」

琴子は汗だくになりながら、微かな笑みを浮かべてくれる。だから、謙治はペースを落とすことなく腰を振りつづけた。

「あッ……あッ……」

「ううッ、い、いいよ、すごく気持ちいい」

感じていることを素直に告げると、琴子は恥ずかしげに見あげてくる。視線が重なることで、ますます快感が大きくなった。

「あぁンっ、わ、わたしも……なんだかジンジンしてきました」

琴子が腰を微かにくねらせる。ペニスを出し入れするたび、股間の奥に疼《うず》きがひろがっているらしい。おそらく快感が生じているものと思われるが、彼女ははじめての感覚にとまどっていた。

「くううッ……こ、琴子ちゃんっ」

スローペースの抽送でも膣の締まりが強いので、愉悦は瞬く間に大きくなる。ふくれあがる射精欲をこらえながら、謙治も汗だくになって腰を振りつづけた。

「ああッ、ああッ、なんかヘンです」

琴子も感じている。それがまだ生まれたての快楽だとしても、感じていることに変わりはなかった。

「くううッ、も、もう……ううッ、で、出そうだっ」

自然と抽送速度があがっていく。ここまで追いつめられて、ゆっくり腰を振るのはむずかしい。快楽の波に流されるまま、ペニスを力強く出し入れした。

「あああッ、た、高杉さんっ」

「くおおッ、で、出るっ、おおおおッ、ぬおおおおおおおッ！」

ついに低い呻き声を響かせて、膣の奥深くで射精を開始する。熱いザーメンが尿道を高速で駆け抜ける瞬間、全身の細胞が痙攣するほどの快感が爆発した。

頭のなかがまっ白になり、根元まで突きこんだペニスが暴れまわる。膣奥に精液がかかると、蜜壺全体が反応して収縮と弛緩《しかん》をくり返す。無数の襞が肉胴にからみつき、さらなる愉悦の波が押し寄せた。

「はああッ、なかでビクビクして、ああああああッ！」

女壺でペニスの脈動を感じているらしい。琴子が女体を仰け反らして、甘ったるい声を響かせた。

さすがにロストヴァージンで絶頂に達することはないが、多少なりとも感じていたのは間違いない。破瓜の痛みだけではなく、少しでもセックスの快感を教えてあげることができてよかった。

謙治は精根つきはてて、しばらく彼女に折り重なっていた。琴子も静かに目を閉じて身動きしなかった。

ようやく体を起こすと、ペニスをゆっくり引き抜いた。一拍置いて、大量に注ぎこんだ精液が膣口から溢れてくる。ドロリと流れ落ちる白濁液には、赤いものがまざっていた。

「琴子ちゃん……」

絶頂に達したことで冷静さが戻っている。ひどいことをした気持ちになり、謙治は恐るおそる語りかけた。

「そんな顔しないでください」

琴子が身体をゆっくり起こして、向かい合う格好になる。自然と顔が近づき、至近距離で視線を交わした。

「高杉さん……」

呼びかけてきたかと思うと、琴子が両手を伸ばして頰をそっと挟みこんだ。

「ありがとうございます」

礼を言うなり、彼女のほうから口づけしてくれる。

最初は唇の表面が軽く触れるだけのキスだった。やがて舌を伸ばして、ヌルリと差し入れてきた。

いつしか琴子の瞳から涙が溢れて頰を伝った。

きっと様々な思いが胸を去来しているに違いない。彼女自身が処女を捨てることを希望していたのだが、本当にこれでよかったのだろうか。

謙治はされるにまかせて、彼女と口づけを交わしつづけた。

第四章　迷い妻との一夜

1

翌朝六時半、謙治はいつもどおり駅に向かった。

タイムカードを押すと、さっそく機器類の電源を入れてチェックを行う。問題がないのを確認した後、始発電車を迎える準備に取りかかった。

最初の電車は七時十五分に到着して、七時半に出発する。隣町で働く人たちが乗るので、もっとも混み合う時間帯だ。とはいっても、一両しかない車両の座席がすべて埋まることはない。二桁の客がいれば多い方だった。

ホームに出て、線路や周辺を目視で確認する。落下物やその他、とくに変わったところはない。ときどき、線路にエゾシカやキタキツネ、ヒグマなどの野生動物が入りこむことがある。電車が衝突すると脱線事故につながる可能性があるので、毎朝のチェックは欠かせなかった。

毎朝の業務をこなしながら、頭の片隅では昨夜のことを考えていた。

鉄道マニアの琴子と飲みに行くことになり、いろいろ相談に乗っているうちにセックスしてしまった。処女を奪ってほしいと懇願されて、迷いつつも断ることができなかった。

（どうして、あんなことに……）

自分の行いが本当に正しかったのか自信がない。最後に彼女が礼を言ってくれたのが救いだった。

昨夜はあのあと、琴子を宿まで送り届けた。

彼女は帰りたくなさそうだったが、情が移る前に距離を置くべきだと思った。もともと一度限りの関係だとわかっていた。きれいに別れるつもりなら、なおさら朝までいっしょに過ごすべきではなかった。

やがて始発電車がやってきた。

朝の澄んだ空気のなかをゆっくり近づいてくる。謙治はホームに立ち、いつもどおりに電車を迎え入れた。

この時間、乗客はいない。運転士と目礼を交わし、謙治は改札へと向かった。

ロータリーに視線を向けると、さっそくひとり目の乗客がやってきた。赤いダウンジャケットに見覚えがある。グレーの毛糸の帽子をかぶり、黒縁のまるい眼鏡をかけた女性だった。

謙治はまっすぐ彼女のことを見つめた。

琴子に間違いない。首から一眼レフのカメラをぶらさげて、ゆっくりこちらに向かって歩いてきた。

「おはようございます」

目の前まで来ると、琴子は朗《ほが》らかな声で挨拶してくれた。

晴れやかな表情を目にしてほっとする。昨夜のことを後悔している様子は微塵もなかった。それどころか、前に進む決意のようなものが感じられる。処女を卒業したことで心境の変化があったのかもしれなかった。

「おはようございます」

謙治は駅員として丁寧に挨拶した。

すると、琴子は眩しげに目を細めて見つめてくる。そして、数歩さがって一眼レフカメラを構えた。

「一枚、撮らせてください」

そう言いながら、すでに何度かシャッターを切っている。

謙治は小さくうなずき、右手をすっと持ちあげて敬礼した。

琴子と知り合ったことで、自分を見つめ直すきっかけになった。彼女も人と話すことが苦手なのに、前を向いて歩いている。年下の彼女に大切ななにかを教えられた気がした。

「いい写真が撮れちゃいました」

琴子が弾むような足取りで歩み寄ってくる。そして、カメラの液晶画面を見せてくれた。

そこには硬い表情で敬礼する謙治が写っている。笑えばよかったと思うが、琴子は満足そうだった。

「すごく真面目そうでしょ。高杉さんのお人柄が出ています」

褒められているのだろうか。なにやらくすぐったい気分になると、琴子は急に真面目な顔になり、頭をぺこりとさげた。

「本当にありがとうございました」

「い、いや、俺はなにも……」

「じゃあ、またいつか」

琴子は多くを語ろうとしなかった。

軽い足取りでホームに向かうと、電車の前で振り返る。そして、大きく手を振ってから電車に乗りこんだ。

——またいつか。

琴子の声が耳に残っている。「いつか」が二度と訪れないことは、彼女もわかっているだろう。昨夜のことは、ふたりだけの思い出だった。

しんみりしている暇もなく、ばらばらと町の人たちがやってくる。いつものように挨拶を交わして、次々と電車に乗りこんでいった。

(そろそろか……)

腕時計を見やり、再び駅舎の前のロータリーに視線を向ける。しばらくすると、見覚えのある人影が現れた。

うつむき加減に歩いてくるのは小百合に間違いない。

謙治はたじろぎそうになる自分を奮い立たせた。挨拶をするだけでもいい。とにかく、今日は自分から話しかけるつもりだ。あの夜のことを思い返すと尻込みしてしまう。だが、動かなければなにもはじまらない。

小百合がバッグから定期券を取り出すのが見えた。

もう目の前だ。謙治は挨拶をしようと口を開きかける。しかし、いざとなると声が出ない。ほんの一瞬、小百合と視線が重なった。彼女は軽く会釈すると、そのまま改札を通りすぎてしまった。

（なにをやってるんだ……俺は……）

謙治は思わずうつむいた。

ただ挨拶をする。たったそれだけのことができなかった。

どうしても、彼女の反応が気になってしまう。今より気まずくなっても、毎朝、駅で顔を合わせることに変わりはない。そう思うのだが、あと一歩を踏みだす勇気が出なかった。

うな垂れているわけにはいかない。謙治がどんなに落ちこんでいようとも、電車はダイヤどおりに走りつづける。それは都心部の幹線であろうと超ローカル線であろうと変わりはなかった。

謙治はホームに移動すると、安全確認をして電車を送り出した。

琴子と町の人たち、それに小百合を乗せた一両編成の車両が走り出す。徐々にスピードをあげてホームを離れていく。謙治は小さくなっていく電車を、複雑な思いで見送った。

2

到着した電車のドアが開き、乗客たちが降りてくる。謙治はホームの端に立ち、安全を確認しながら見つめていた。

顔なじみの町の人たちにまざって、ベージュのトレンチコートに身を包んだスラリとした女性がいる。キャリーバッグを転がしているので旅行者だろうか。最果ての終着駅には不釣り合いな都会的な雰囲気を漂わせていた。

明るい色のふわりとした髪を揺らしながら、ゆったりとした足取りでホームを歩いていく。遠目にもスタイルのよさがはっきりわかる。トレンチコートの前がはらりと開いており、鮮やかなブルーのワンピースが見えていた。

(女性のひとり旅か……)

旅行者そのものが少ないのに、女性がひとりでこの町を訪れるとはめずらしい。謙治は改札に移動しながら思わず首をかしげた。

不思議なもので偶然とは重なるものだ。一年分の旅行者が、この数日で一気に押し寄せたのではないか。本気でそう思うくらい、町の住人以外の乗客を見かけることはめったになかった。

先ほどの女性が近づいてくる。

顔をジロジロ見るのは失礼だと思い、謙治は視線をすっとさげた。すると、彼女は改札の前で立ちどまった。

「駅員さん」

声をかけられて謙治は顔をあげた。

宿の場所を聞かれるのだと思ったが、彼女はなぜかまじまじと見つめてくる。そして、独りごとのようにつぶやいた。

「やっぱり……」

いったいどういう意味だろう。

謙治も思わず見つめ返した。その瞬間、頭の奥でなにかが蠢くのがわかった。急激に古い記憶がよみがえり、胸の鼓動が速くなった。

(ま、まさか……い、いや、そんなはず……)

突然のことで混乱してしまう。見間違いかもしれないと思い、目の前に立っている女性の顔を凝視した。

「久しぶり……謙治」

名前を呼ばれたことで確信する。彼女は北川亜沙美《きたがわあさみ》、東京で働いていたときに交際していた女性だった。

「あ、亜沙美……」

思わず絶句してしまう。

なぜ元恋人の亜沙美がここにいるのか理解できない。つき合っていたのは二十五歳のときだ。謙治がこの町に帰ってきてからは、一度だけ連絡したきりで、もう十年以上も連絡を取り合っていなかった。

顔を見るのは、じつに十一年ぶりだ。

亜沙美はふたつ年下なので、つき合っていたときは二十三歳だった。今は三十四歳になっているはずだ。

すっと細い眉に切れ長の瞳、肌の白さも当時のままだ。若いときから整った顔立ちをしていたが、さらに美しくなっていた。背筋がすっと伸びており、立ち姿はまるでモデルのようだった。

「ど、どうして……」

頭がついていかず、それ以上言葉にならない。

謙治のなかで、東京で暮らしていたことは遠い過去の話だ。あらためて思い返すことはなかった。亜沙美を忘れたわけではないが、もう二度と会うことはないと思っていた。

それなのに今、すぐ目の前に亜沙美が立っている。

東京でしか会ったことがないので、彼女がこんな寂れた町にいるのが不思議でならない。亜沙美と煌《きら》びやかな都会の風景はセットだった。しかし、亜沙美は超ローカル線の終着駅の駅舎で、謙治の顔をまっすぐ見つめていた。

「謙治に会いに来たの」

彼女の声が耳に流れこんでくる。だが、意味がわからず謙治は呆然と立ちつくしていた。

「どうしているのかと思って」

亜沙美はそう言うと、唇の端に微笑を浮かべる。その顔を見た瞬間、謙治の胸に懐かしさがひろがった。

(ああ、亜沙美だ……間違いない)

つき合っていたころを思い出す。

亜沙美の笑顔が好きだった。黙っているとクールな美女なのに、笑みを浮かべると人懐っこい顔になる。そのギャップに惹かれて、亜沙美とつき合っていた。彼女といると癒される気がした。

当時、謙治は大学を卒業して、小さな商社で営業職に就いていた。しかし、都会の生活が肌に合わなかった。そんなことは学生時代からわかっていたが、それでもあえて東京で就職した。

田舎に帰って、小百合と志郎の仲睦まじい姿を見るのがいやだった。ふたりを忘れたい一心で、田舎から遠く離れた場所で生きる道を選択した。ところが、都会での暮らしは想像以上に過酷だった。

就職してからはノルマが重くのしかかり、都会暮らしのつらさがなおさら骨身に染みた。そんなときに思い浮かぶのは小百合の顔だった。遠く離れたからといって簡単に忘れられるわけでもなく、かえって会いたい気持ちが募っていた。

そんなとき、ひょんなことがきっかけで、ふたつ下の後輩、亜沙美とつき合うことになった。

あれは会社の決起集会があった日のことだ。

上司に連れられて居酒屋で飲み、具合が悪くなった亜沙美を謙治が送ることになった。要は介抱を押しつけられたのだ。酔っているからといって手を出したら大変なことになる。亜沙美はキャリア志向のハキハキした女性で、なにかあればセクハラと騒ぎ出すに決まっていた。

正直、面倒なことになったと思った。

亜沙美は自分のアパートの住所を言える状態ではなく、かといってホテルに連れこむわけにもいかない。迷った挙げ句、謙治のアパートに連れ帰った。亜沙美をベッドに寝かしつけると、謙治は床で毛布にくるまって眠りに落ちた。

起きたら経緯を説明するつもりだった。ところが、翌朝、目が覚めると亜沙美の姿はなかった。

いやな予感がした。

亜沙美が勘違いをしてセクハラを訴えているかもしれない。出社したら自分の席がなくなっているのではないか。そんな不安を抱えて会社に向かうと、予想外に亜沙美が機嫌よく話しかけてきた。

「高杉先輩のこと見直しました」

第一声はそんな言葉だったと記憶している。

亜沙美は謙治が手を出していないとわかっていた。そのことで謙治の評価があがったらしい。その日から、彼女のほうから頻繁に飲みに誘ってくるようになり、いつの間にかつき合うことになっていた。

交際期間は半年ほどだった。

謙治は二十五歳になっていたが、まだ小百合のことが忘れられずにいた。すでに小百合は志郎と結婚しているにもかかわらず、いつまでもうじうじと彼女のことを想っていたのだ。

亜沙美とつき合えば、小百合のことを自然と忘れられると思った。新しい恋をすることで、過去の思い出にできると考えていた。しかし、甘かった。そんな簡単なものではなかった。

亜沙美はまったく悪くない。仕事をバリバリこなすタイプだが、プライベートは意外と家庭的な女性だった。休みの日は手料理を作ってくれるし、都会の生活で疲弊していた謙治にいつもやさしく接してくれた。

それなのに、小百合のことが片時も頭から離れなかった。

当時、亜沙美は謙治と結婚することを夢見ていた。しかし、謙治は踏みきることができなかった。

亜沙美には申しわけないことをしたと思う。もちろん好きだからつき合っていたのだが、ふたりの仲はしっくりいかなくなっていた。すべては謙治の心に迷いがあるせいだった。

そんなとき、両親が病気で立てつづけに亡くなり、残された実家や相続の件などで故郷に戻る必要が出てきた。

他に好きな女性がいるのに、亜沙美と交際していることが心苦しかった。もともと東京が肌に合っていないと感じていたのもあり、これも機会だと思って仕事を辞めることにした。

「俺は田舎に帰るよ」

謙治がそう告げたときの亜沙美の表情が忘れられない。

悲しげに顔を歪めたと思ったら、見るみる瞳を潤ませて、大粒の涙をポロポロこぼしたのだ。

仕事では上司にどれほど絞られようと、取引先でこっぴどく叱られようと、決して涙は見せなかった。負けず嫌いで常に歯を食い縛り、すべてを糧《かて》にがんばるような女性だった。

そんな亜沙美が別れ話で涙を見せた。それは謙治にとって意外なことだった。それと同時に、自分は彼女のことをなにもわかっていなかったのではないかと深く反省させられた。

十一年前、謙治と亜沙美は別々の道を歩むことになった。

（逃げてばかりの人生だな……）

心のなかで自嘲的につぶやき、気持ちが沈みこんだ。

故郷から逃げて東京に行ったのに、結局、東京からも逃げ出した。そして、なぜか目の前にかつての恋人がいる。身なりから察するに、今も東京でバリバリ働いているに違いなかった。

「よく俺だって気がついたね」

謙治は静かに口を開いた。

なにしろ駅員の制服を着て、制帽を目深にかぶっている。亜沙美がこの姿を見るのは、もちろんはじめてだ。十一年ぶりに会うというのに、よくわかったものだと感心した。

「だって、最後に話したとき、駅員をしてるって言ってたじゃない」

そう言われて思い出す。

謙治がこの町に帰ってきてから、一度だけ電話で話していた。そのとき、謙治は友人の紹介で駅員になったことを告げた気がする。そして、亜沙美は大手の商社にヘッドハンティングされたと教えてくれた。

「そうだったね」

忘れかけていた記憶がよみがえる。

あの電話が最後になったが、亜沙美はやる気に満ちた声だった。まるで謙治と別れたことなどショックではないと、懸命に強がっているように感じた。

「亜沙美のほうはどうなの。仕事は順調？」

キャリア志向の強かった亜沙美のことだから、大手商社に移ったことで能力を遺憾なく発揮しているに違いない。そう思って尋ねたのだが、彼女の表情は今ひとつ冴えなかった。

「そのへんも含めて、謙治といろいろ話したくて」

亜沙美がぽつりとつぶやいた。

口もとには微笑を浮かべている。しかし、瞳の奥は笑っていない気がした。なにかを胸に抱えこんでいる。そんな気がしてならなかった。

「俺と？」

十年以上も音信不通だったのに、いったいなにを話すというのだろう。謙治は思わず眉根を寄せていた。

「報告したいこともあるし」

亜沙美はそこで言葉を切ると、左手を胸もとまで持ちあげる。そして、薬指にはまっているリングをチラリと見せた。

「あっ……」

大きなダイヤモンドが輝いているプラチナのリングは、もしかしたら婚約指輪ではないか。謙治は思わず彼女の顔を見つめていた。

「うん、結婚したの」

亜沙美は穏やかな声でつぶやくと、なぜか睫毛を静かに伏せる。そして、再び目を開けたときは笑顔になっていた。

「まだ新婚ほやほやよ」

「そう……なんだ」

平静を装うのに必死だった。

別れて十一年も経っているのに、謙治は動揺している自分に気がついた。未練があるわけではない。それでも、かつてつき合っていた女性が、他の男と結婚するという現実にショックを受けていた。

「上司なの。新しい会社のほうのね」

婚約したのは去年で、今年になって籍を入れたという。仕事で多忙な夫に合わせて、年内に結婚披露宴を執り行う予定らしい。

「お……おめでとう」

謙治はようやく祝福の言葉を口にした。

嫉妬ではないが、複雑な感情が胸のなかで渦巻いている。どんな男が彼女のハートを射止めたのか、気になって仕方なかった。

「ありがとう」

亜沙美がはにかんだ笑みを浮かべる。つき合っていたときには、一度も見せたことのない表情だった。

(こんな顔もするんだな……)

きっと夫が亜沙美を変えたのだろう。

ふんわりとした柔らかい表情を見ていると、彼女がいい人とめぐり会ったことが伝わってくる。もし謙治と結婚していたら、これほど幸せな顔にはなっていなかっただろう。

「とにかく、よかったよ」

謙治が声を重ねてかけると、亜沙美はふっと黙りこんだ。そして、どこか不安げな瞳を向けてきた。

「本当にそう思う?」

　いったい、どういう意味だろう。やはりなにかある。同じ会社で働いていたときの自信に満ちた表情ではなくなっていた。

「あれ、そう言えばひとりで来たんだよね。旦那さんには、なんて言ったの？」

「友だちに会うって……全然疑うことを知らない人なの」

どこか淋しげな言い方だった。もしかしたら、心配してほしいのだろうか。

「……亜沙美？」

目をまっすぐ見つめると、彼女はふっと力を抜いて笑った。

「呼びとめてごめんね。まだ仕事中でしょ」

「別に構わないよ。見てのとおり小さな駅だから、そんなに忙しくないんだ」

「ひとりなんでしょ。暇なはずないわ」

亜沙美はすべてを見抜いているようにつぶやいた。

伊達《だて》にキャリアウーマンだったわけではない。状況から瞬時に判断する能力は、さらに磨きがかかっているようだった。

「仕事が終わったら旅館に来て」

「いいけど……」

「近況報告っていうか、いろいろ積もる話もあるし」

「ああ、そうだね」

謙治は彼女に合わせてうなずくが、実際それほど話すことはない。単調な日々を送っており、とくに変わったことは起きていなかった。

とにかく、仕事を終えたらアパートに帰り、夕飯を摂《と》ってから宿に行くことを約束した。

3

仕事を終えてアパートに戻ると、さっとシャワーを浴びて汗を流した。

亜沙美は結婚したのだから、さすがになにもないだろう。それでも、かつての恋人に会うと思うと緊張する。期待しているわけではないが、礼儀として最低限の身だしなみは整えておくべきだろう。

食事は手早くすませたかったので、インスタントラーメンに生卵を落としただけの簡単なものにした。

そして今、月明かりに照らされた夜道を旅館へと急いでいる。冷たい風が吹き抜けて思わず肩をすくめた。

それにしても、亜沙美はなにを話すつもりだろうか。なにか悩みを抱えているのかもしれない。いずれにせよ、わざわざ東京から北海道まで来たのだから、大切なことに違いなかった。

やがて旅館が見えてくる。小さな宿だが国道沿いにあるせいか、それなりに繁盛しているようだった。

フロントで声をかけると、仲居《なかい》が部屋まで案内してくれた。

「来てくれたのね」

部屋に入ると、亜沙美がうれしそうな顔を向けてくる。そして、窓ぎわの椅子に座るように勧めてきた。

すでに布団が敷いてあるのが目に入った。しかし、気にしていない振りをして、奥の窓ぎわまで歩を進めた。

「ビールでいい？」

亜沙美が軽い調子で尋ねてくる。

風呂に入ったらしく、備えつけの浴衣《ゆかた》姿だ。髪を結いあげているのも色っぽく、いきなり目のやり場に困ってしまった。

「あ、うん……お構いなく」

謙治はふわふわした気持ちのままダウンジャケットを脱ぎ、窓ぎわの椅子に腰をおろした。

亜沙美が冷蔵庫から瓶ビールを持ってくる。そして、テーブルを挟んだ向かいの席に座り、ふたつのグラスに注いでくれた。

「それじゃあ、再会に――」

彼女の言葉で、自然とグラスを手に持った。

「乾杯っ」

息を合わせて乾杯すると、ふたりはビールをひと息に飲みほした。

久しぶりに会うのに呼吸はぴったりだ。たった半年だが、つき合っていた当時のことを思い出した。

（結構、気が合ってたよな……）

不思議と楽しかったことばかり思い出す。

交際期間は短かったが、亜沙美は謙治のアパートに入り浸っており、半同棲状態の濃厚な時間だった。

キャリア志向の亜沙美は社内で浮いていた。営業成績は抜群によかったが、いつも孤独だった。だからこそ、謙治に入れこんでいたのかもしれない。きっと彼女も淋しかったのだろう。

食事をするのも風呂に入るのもいっしょだった。アパートの狭い風呂で、くっついて湯船に浸かったのも楽しい思い出だ。シングルベッドで抱き合い、淋しさを埋めるように身体を重ねた。

当時のことを思い出して、がらにもなくセンチメンタルな気分になった。

「楽しかったよね」

亜沙美も同じことを考えていたのかもしれない。グラスにビールを注ぎながら、ぽつりとつぶやいた。

「わたしたち、どうして別れちゃったんだろう」

しみじみとした言い方だった。

(それは、俺のせいだよ)

謙治は喉もとまで出かかった言葉を呑みこんだ。

他に好きな人がいたことは、亜沙美に話していない。もしかしたら、気づいているかもしれない。いや、おそらく気づいているだろう。謙治がぼんやり小百合のことを考えているとき、よく淋しげな顔をしていた。

本当に悪いことをしたと思う。

しかし、謝罪して心が軽くなるのは謙治だけだ。自分が楽になるために、亜沙美を傷つけることはできなかった。

「きっと若かったのね。お互いに……」

亜沙美は独りごとのようにつぶやき、ビールを喉に流しこんだ。

「俺はガキだったよ」

謝罪する代わりに、謙治は自分を卑下する台詞をつぶやいた。そして、冷えたビールをグッと飲んだ。

亜沙美は遠い目で窓の外を眺めている。

そこには暗い闇がひろがっているだけだ。眼下に国道が走っており、その先がオホーツク海になっているが、今はなにも見えなかった。

浴衣の胸もとが気になってしまう。襟もとはしっかり重なっているが、乳房のふくらみは大きかった。亜沙美は脚を組んでいるため、浴衣の裾から白い臑《すね》がチラリとのぞいていた。

（ダ、ダメだ……）

謙治は見てはいけないと思い、慌てて目を逸《そ》らす。そして、心のなかで必死に話題を探した。

「仕事……つづけてるんだよね」

駅で少し話したとき、彼女ははっきり答えなかった。なにかをごまかしているようで、ずっと心に引っかかっていた。

「今はね……」

亜沙美はそこでいったん言葉を切った。

「迷ってるの」

結婚しても仕事をつづけるかどうかを迷っている。最初はそういう意味だと思ったが、すぐに違うとわかった。

「夫は結婚したら、妻には家庭に入ってほしいと思ってる。それは問題ないの。仕事は好きだけど、専業主婦にも憧れてたから。家庭を守るのも悪くないかなって」

「じゃあ、結婚そのものを迷ってるってこと？」

口にしてから突っこみすぎたと思うが、もう取り消すことはできない。一瞬、沈黙が流れて、亜沙美は視線をすっとそらした。

「うん……正直に言っちゃうと」

なにやら深刻な表情になっていた。

基本的に亜沙美は人に弱みを見せたくないタイプだ。上昇志向が強くて、会社でも常に勝ち気に振る舞っていた。

だが、謙治の前でだけは違った。弱音を吐くこともあるし、涙を見せることもあった。そして、今も弱気な表情になっている。かつては謙治だけが知っていたが、今は夫の前でもこんな顔をするのだろうか。

「でも……でもね」

亜沙美の視線が頼りなく揺れている。ビールをひと口飲むと、気持ちを落ち着けるように小さく息を吐き出した。

「いざ結婚するとなったら、本当にこの人でいいのかなって……」

か細い声だった。

旦那に問題があるのだろうか。謙治は思わず息を呑み、亜沙美の顔をあらためて見つめ返した。

どう返答すべきか困ってしまう。結婚が人生の転機なのは間違いない。少しナーバスになっているだけではないか。しかし、彼女の思いつめた表情を見ていると、下手なことは言えなかった。

「もう籍は入れたんだよね？」

「そうだけど……」

亜沙美の声には張りがない。心の揺れが伝わってくるようだ。謙治は言葉を選びながら慎重に口を開いた。

「旦那さんはどんな人なの？」

「いい人よ……仕事人間だけど、真面目だし」

亜沙美はそう言って力なく笑った。

なにかが心に引っかかっているのは間違いない。しかし、旦那の人柄に問題はないという。それなら、なにをそんなに気にしているのだろうか。

「謙治のことを思い出して……」

ふいに亜沙美がつぶやいた。

彼女の視線はテーブルに置いたグラスに向いている。儚《はかな》く消えていくビールの泡をじっと見つめていた。

(まさか、まだ俺のことを？)

謙治の胸に複雑な感情が湧きあがった。

うれしいかうれしくないかと問われれば、うれしいに決まっている。だが、謙治が想っているのは小百合だけだ。他の女性との恋愛は考えられない。それに亜沙美もどういうつもりで言っているのか、まだわからなかった。

「俺なんて……」

軽く笑って受け流そうとする。

ジョークにしてしまえば、彼女も気が楽になるのではないか。そう考えたのだが、上手く笑うことができなかった。

「仕事は楽しかったけど、結婚もしたいと思ってた。でも、いざ結婚することになったら、ふと不安になったの。それで、謙治のことを思い出した。だって、わたしがはじめて結婚を意識した人だもの」

亜沙美がじっと見つめてくる。謙治はなにも言えなくなり、ただ彼女の潤んだ瞳を見つめ返した。

「今さらおかしいって思うでしょ。わたしもそう思う。でも、不安なの……こんなこと相談できるの謙治しかいなくて……」

ようやく亜沙美が北海道までやってきた理由がわかった気がする。本音で話せる相手がまわりにいないのだろう。

「なんか……ごめんね」

「謝らなくていいよ。俺にできることがあれば協力する」

それがせめてもの罪滅ぼしになればと思う。

東京時代、亜沙美を傷つけたことが気になっていた。彼女が幸せになれるように、少しでも力になりたかった。

「謙治といっしょに生きていくことを真剣に考えてた。謙治も悩んでくれていたでしょう」

確かに亜沙美の言うとおりだ。

当時、小百合はすでに志郎と結婚していた。どんなに望んでも、小百合はどうにもならない女性だった。だからこそ、自分のことを想ってくれる亜沙美とのことを真剣に悩んでいた。

「謙治はわたしが家庭に入って、上手くやっていけると思ってた？」

亜沙美に質問されて、謙治はふと黙りこんだ。

結婚することは真剣に考えていた。しかし、正直なところ、当時はそこまで想像が及んでいなかった。

慌てて想像してみる。亜沙美はキャリア志向でバリバリ仕事をこなしていたが、その一方で家庭的なところもある女性だった。忙しい合間に家事をしっかりこなす努力家でもあった。

「亜沙美なら、きっと上手くいくよ」

素直な気持ちで答える。すると、亜沙美の顔に驚きの表情が浮かんだ。

「きっといい奥さんになるんじゃないかな。仕事もできたけど、家事もしっかりしてたよ」

「本当に？」

「ああ、本当にそう思うよ。亜沙美なら大丈夫」

謙治は言葉に力をこめて言いきった。

「やっぱり……謙治はいい人だね」

亜沙美の声が小さくなる。目の縁から涙が溢れそうになり、彼女はほっそりとした指先でそっと拭った。

「ビール、まだ飲むでしょ」

涙を見られたくなかったのかもしれない。亜沙美は謙治の返事を待つことなく立ちあがると冷蔵庫に向かった。

「どうして、あのとき上手くいかなかったんだろうね」

亜沙美は戻って来ると、グラスにビールを注ぎながら先ほどと同じような言葉をくり返した。

「俺のせいだよ」

謙治は思わずつぶやき、慌てて口をつぐんだ。そして、グラスのビールを一気に飲みほした。

「じつは、俺――」

「謙治」

やさしく呼びかけてきたかと思うと、亜沙美がテーブルの向こうから手を伸ばしてくる。そして、立てた人差し指を、謙治の唇に押し当てた。

「もう、それ以上言わないで」

やはり、亜沙美はすべてを見抜いていたのかもしれない。

謙治に好きな人がいるとわかっていて、それでも交際していたのだろう。さらには結婚も望んでくれた。ふたりは結ばれる運命にはなかったのかもしれない。だが、心の深い場所でつながっている気がした。

唇に触れている彼女の指はひんやりとしている。それでも、なにか温かいものが流れこんでくる気がした。

「謙治とつき合っていたことは、すごくいい思い出なの。わたしたち、いい恋人同士だったよね」

亜理紗が同意を求めるように語りかけてくる。

そのとき、彼女の瞳から一粒の涙が溢れて頬を伝った。思い出を穢《けが》したくないという気持ちが伝わってきた。

「ねえ……」

手を取られて引かれるまま立ちあがる。亜沙美はじっと見つめてくると、謙治を布団の上に導いた。

4

仁王立ちしている謙治の前に、亜沙美がそっとしゃがみこむ。両膝をシーツにつけた膝立ちの姿勢になっていた。

亜沙美は細い指でベルトを緩めると、ジーパンのボタンをはずしてファスナーをおろしていく。さらにジーパンとボクサーブリーフを引きさげれば、まだ垂れさがっているペニスが剝き出しになった。

「あ……亜沙美……」

沈黙に耐えきれなくなり、小声で呼びかける。ところが、亜沙美は顔をあげようとしなかった。

左手を太腿のつけ根にあてがうと、右手の指を竿に巻きつける。軽く二、三度擦ってから、顔を股間に寄せてきた。

(ま、まさか……)

この状況で期待するなというほうが無理な話だ。

旅館で昔つき合っていた女性とふたりきりになっている。いろいろ話しているうちにしんみりした雰囲気になり、互いに昔のことを思い出していた。交際していたときは半同棲状態だったので、毎晩のように身体を貪り合った。

亜沙美の吐息が亀頭を撫でる。それだけでペニスがふくらみはじめてしまう。彼女の指が巻きついている竿が、瞬く間に太さを増していた。

「ンっ……」

柔らかい唇が亀頭にそっと押し当てられる。

表面が軽く触れるだけの口づけだ。そのまま唇をゆっくり開きながら、亀頭をぱっくり咥《くわ》えこんでいく。熱い吐息が吹きかかり、やがて唇が愛《いと》おしげにカリ首を締めつけた。

「ううっ」

思わず小さな呻き声が溢れ出す。

敏感なカリに亜沙美の唇が触れている。その様子を見おろしているだけで、視覚的にも興奮を煽られた。

「ンっ……ンンっ……」

亜沙美がゆっくり顔を押しつけてくる。唇が竿の表面をゆっくり移動して、ついには根元まで呑みこんだ。

口内に収まったペニスに、柔らかい舌が巻きついてくる。まずは亀頭をねっとり舐めまわして、大量の唾液を塗りつけてきた。尿道口をチロチロ刺激したと思うと、カリの裏側にも舌先が入りこんでくる。舌は小刻みに動きつづけて、くすぐったさをともなう快感が湧きあがった。

「くううッ、あ、亜沙美っ」

的確に性感帯を責められて、膝がくずおれそうなほど震え出した。

男根はバットのように硬くなり、先端から我慢汁が滲んでいる。それでも、亜沙美は構うことなくペニスをしゃぶりつづけていた。

つき合っていたとき、何度も口で愛撫してもらった。亜沙美はそのときのことを覚えているのか、謙治が感じる場所を重点的に刺激してくる。砲身全体に唾液をまぶすと、首をゆったり振りはじめた。

「ンっ……ンっ……」

亜沙美は睫毛を静かに伏せて、硬くなったペニスをしゃぶっている。唇と太幹の隙間から微かな声を漏らしつつ、柔らかい唇で太幹を擦りあげていた。

「こ、こんなこと……」

早くも謙治は快楽に溺れかけているが、まだわずかに理性が働いている。つき合っていたのは十一年も前の話だ。まだ結婚披露宴はあげていなくても、すでに籍を入れているので亜沙美は正真正銘の人妻だった。

「お、俺たちは、もう……」

本当は快楽に流されてしまいたい。しかし、亜沙美には夫がいる。あとで彼女が後悔するようなことは避けたかった。

「今夜だけは、昔に戻りたいの」

いったんペニスを吐き出すと、亜沙美が潤んだ瞳で見あげてきた。

懇願するように語りかけられて心が揺らぐ。小百合のことがなければ、亜沙美と結婚していたかもしれないのだ。そんな女性に唾液まみれのペニスをしごかれながら見つめられて、拒絶できるはずがなかった。

「お願い……もう一度だけ、謙治がほしいの」

かすれた声が耳に流れこんでくる。その間も細い指で太幹を擦られていた。唾液で濡れているため、ヌルヌルと滑る感触がたまらない。思わず両足の指先を内側に曲げて、シーツをギュッとつかんでいた。

「あ、亜沙美……」

股間を見おろして視線が重なった。

ますます気持ちが盛りあがる。互いにそれ以上、言葉を交わすことはない。それでも相手の考えていることが理解できた。

(今夜だけ……これが最後だ……)

目で語りかけると、彼女は睫毛をそっと伏せる。そして、再び亀頭をぱっくり咥えこんだ。

「あふンっ……ンンっ」

ペニスを根元まで口内に収めると、舌を使って大量の唾液を塗りつけてきた。

亀頭はもちろん、カリの裏側や竿も念入りに舐めまわされる。唾液でトロトロにされるのが気持ちいい。男根が溶けていくようで、尿道口からカウパー汁が次から次に溢れ出した。

（こ、この感じは……）

休憩を挟んだことで少し余裕ができている。快楽に震えながらも、舌の動きに懐かしさを覚えていた。

さも愛しげにねっとり蠢く感じは、亜沙美の愛撫に間違いない。舌がペニスに這いまわるたび、十一年前の記憶が呼び起こされていく。亜沙美はセックスする前に、いつもこうして丁寧にしゃぶってくれた。

（亜沙美……）

胸にグッとこみあげてくるものがある。

毎晩のように身体を重ねていたかつての恋人は、謙治の知らない男と結婚して人妻になっていた。今は毎晩、その男のペニスをしゃぶっているのかもしれない。そう考えると、言いようのない感情が湧いてきた。

「くうッ……うむッ」

気を抜くとすぐに暴発しそうだ。謙治は慌てて両手を握りしめると、全身の筋肉を力ませた。

「ンっ……ンっ……」

首振りのスピードがすっと遅くなった。

謙治がどれほど感じているのか、おそらく亜沙美は見抜いているのだろう。刺激を弱めて、スローペースで首を振りはじめる。とはいっても、快感が途切れることはなく、膝が小刻みに震えつづけていた。

（こ、こんなにされたら……）

感じる場所を刺激されて、耐えるだけで精いっぱいだ。全身の毛穴から汗が噴き出し、新たな我慢汁が溢れるのがわかった。

「はンンっ」

亜沙美はときおり上目遣いに謙治の表情を確認する。太幹を咥えこみ、首をゆったり振りながら見つめていた。

謙治をどれほど追いこんでいるのか、表情からチェックしているらしい。亜沙美も昔のことをしっかり覚えているのだろう。不意を突いて首を激しく振ったり、すぐに弱めたりをくり返した。

「くううッ、ちょ、ちょっと……」

さらなる快感が押し寄せて、謙治は懸命に射精欲を抑えこんだ。

しかし、亜沙美はねちっこく首を振りつづける。暴発寸前に追いこむが、まだ射精はさせないつもりらしい。限界直前のラインを保つように、ギリギリの快感を送りこんでいた。

「あふッ……むふッ……はむンッ」

亜沙美の鼻にかかった色っぽい声も射精欲を刺激する。こうしている間も、ペニスの表面を柔らかい舌が這いまわっていた。とくに敏感な尿道口を舌先で小突かれると、股間から全身へ痙攣がひろがった。

「くうううッ」

たまらず呻いて前かがみになる。今にも射精してしまいそうだ。我慢できなくなって腰を引くと、亜沙美はすかさず両手を尻にまわしこんできた。

「うおッ、ま、待って……」

尻をグイッと引き寄せられて、さらにペニスをしゃぶられる。もう中断させることもできない。愉悦の波が次から次へと襲いかかり、謙治は快楽の呻き声をまき散らすことしかできなくなった。

「も、もう……うううッ」

我慢汁がとまらない。それなのに彼女の舌が太幹にからみついてくる。裏筋を舐めあげては、再び尿道口をくすぐられた。謙治の意志とは関係なく、口唇奉仕はどこまでも濃厚になっていく。さらに首を激しく振り立てたと思ったら、根元までずっぽり咥えこまれた。

「あむううぅッ」

亜沙美は唇を太幹に密着させるなり、猛烈な勢いで吸いあげる。頬を思いきりくぼませて、口のなかが真空状態になるほど吸茎した。

「おおおッ……おおおおおッ」

もはやまともな言葉を発する余裕もない。謙治は両手で彼女の頭を抱えこみ、獣のような唸り声をあげていた。

「あふッ……はむンンッ」

亜沙美はジュブブブッと卑猥な音を響かせながらペニスを吸いあげる。尿道のなかの我慢汁が吸い出されて、ついにはこらえにこらえてきた射精欲が爆発した。

「くおおおッ、で、出るっ、出る出るっ、ぬおおおおおおおおおッ！」

その瞬間、腰がガクガク震えて、頭のなかがまっ赤に染まる。謙治は立った状態で前かがみになり、亜沙美の口のなかに精液をぶちまけた。

吸茎されながらの射精は快感が二倍にも三倍にも跳ねあがる。尿道のなかのザーメンを吸い出されることで、普通に射精するのでは得られない悦楽が湧き起こった。全身を波打たせて雄叫《おたけ》びをあげながら精液を放出した。

「あむむッ……」

亜沙美はペニスを深く咥えこんだまま、精液をすべて口で受けとめてくれる。謙治が射精している間も吸引して、首をゆったり振りつづけた。そうすることで射精時間が長くなり、通常よりも快感の時間が長くなった。

「す、すごい……うううッ」

謙治はもう呻くことしかできない。理性が蕩《とろ》けきっており、ただ射精の余韻に浸っていた。

「ンっ……ンっ……」

亜沙美はまだ首を振っている。粘るような動きで、尿道に残っている精液を一滴残らず吸い出してくれた。

(こ、こんなに……)

謙治は呆けた頭でぼんやり考える。

かつて何度もフェラチオしてもらったが、昔よりさらに気持ちよくなった気がする。考えてみれば、別れてから十一年も経っているのだ。あれから亜沙美はたくさん恋をして経験を積んだのかもしれない。謙治はずっとひとりだったが、きっと素敵な男性に出会ったのだろう。

それならば、フェラチオのテクニックが上達していてもおかしくない。謙治は呆気なく射精してしまった。

「うんっ……」

亜沙美はようやくペニスを吐き出すと、喉をコクッと鳴らして口のなかに溜まっていたザーメンを飲みくだした。

（ウ、ウソだろ……）

信じられない光景だった。

つき合っていたとき、フェラチオは何度もしてくれたし、口のなかに射精したこともある。だが、精液を飲んでくれたことは一度もない。それなのに、今は頼んだわけでもないのに躊躇なく嚥下したのだ。

「いっぱい出たね」

亜沙美はひざまずいたまま見あげてくると、目を細めて微笑んだ。

謙治はしゃがみこむと、彼女の隣で胡座《あぐら》をかく。亜沙美は横座りをして、浴衣の裾からのぞいている白い臑を斜めに流した。

「すごいね……旦那さんにもこんなことしてるの？」

思わずよけいなことを聞いてしまった。

こういうとき、旦那のことは言わないほうがいいとわかっているが、どうしても気になって仕方なかった。

「もう……」

亜沙美がつぶやき、むっとした様子で見あげてくる。気を悪くしたのかと思ったが、ふっと表情を崩して呆れたような笑みを浮かべた。

「男の人って、どうしてそんなこと聞くのかな」

その台詞からも、彼女が過去にいろいろな恋愛をしてきたことがうかがえる。考えてみれば、亜沙美ほどいい女が都会の街角を歩いていれば、男たちが放っておかないだろう。

「あの人にはしたことないの……」

亜沙美がためらったのは一瞬だけだった。意外なことに、あっさり夫のことを話しはじめた。

「仕事はできるんだけど、女性のほうはあまり経験がない人だから」

そのことを喜んでいるのか、それとも淋しく思っているのか、彼女の表情からは読み取れなかった。

とにかく、旦那は真面目一辺倒の男らしい。仕事はできるが、恋愛経験は乏しいという。

ということは、やはり謙治と別れてからの十一年間で、亜沙美はいろいろな恋を経験をしてきたのだろう。そして、旦那以外の男にフェラチオを仕込まれたのではないか。それを考えると、射精した直後だというにムラムラしてきた。

「旦那の前では、おとなしくしてるんだね」

「あの人は、妻の男性遍歴を知りたくないと思うの……だから、わたしも彼に合わせて……」

言いたいことはわかる気がする。

亜沙美は自分のためではなく、夫のために隠しているのだろう。妻の過去を知りたがるタイプと、知りたくないタイプがいる。亜沙美は夫のために初心な女を演じているのかもしれない。

「でも、どうして俺に話してくれたの？」

素朴な疑問だった。

いろいろ突っこんで尋ねたのは謙治だが、すべてを正直に話す必要はなかったのではないか。なにか不思議な感じがして、またしても尋ねてしまった。

「自分でもよくわからない……」

亜沙美は言葉を濁して黙りこんだ。そして、視線を落として考えこむと、しばらくして再び口を開いた。

「きっと謙治には隠しごとをしたくなかったんだと思う……だって、謙治ならわたしのこと、全部わかってくれるでしょう」

まっすぐ見つめられてドキリとする。

「どうかな……」

買いかぶられても困ってしまう。自分たちは十一年も前に破局している。別れた恋人のことを、すべて理解している自信はなかった。

「でも、今、亜沙美がなにをしたいのかはわかるよ」

「本当に？　じゃあ、当ててみて」

亜沙美が挑発するように語りかけてくる。謙治は答える代わりに、亜沙美を布団の上に押し倒した。

5

浴衣姿の亜沙美が白いシーツの上で仰向《あおむ》けになっている。謙治も彼女の隣に横たわり、かつての恋人の顔をのぞきこんだ。

「謙治……」

亜沙美がそっと目を閉じて、顎を軽くあげる。口づけを待つ仕草だ。謙治は躊躇することなく唇を重ねた。

彼女の柔らかい唇の感触が心地いい。舌を伸ばせば、すぐに唇を開いて応じてくれる。そのまま差し入れると、彼女も積極的に舌を伸ばしてきた。舌先でチロチロとくすぐり合い、すぐに深くからめていく。

「亜沙美……」

「ああっ、謙治」

名前を呼び合うことで、ますます気分が盛りあがる。粘膜を擦り合わせて唾液を交換すると、つき合っていたころの記憶がよみがえってきた。

舌をからめては吸いあげて、彼女の甘い唾液を飲みくだす。亜沙美も謙治の舌を吸い、貪るように唾液を嚥下した。延々とディープキスをすることで、ペニスがこれでもかとそそり勃《た》った。

「あンっ……当たってる」

亜沙美が小声でつぶやいた。

屹立した男根が、彼女の腰のあたりに触れている。溢れた我慢汁が浴衣の布地を濡らしていた。

「もうこんなになってる。相変わらず強いのね」

うれしそうに言うと、太幹に指を巻きつけてくる。そして、勃起をうながすようにゆるゆるとしごきはじめた。

やはり亜沙美は謙治の性感帯を熟知している。焦らすように根元をしごいていたかと思うとゆっくり這いあがり、カリの周辺をやさしく擦ってきた。さらには我慢汁で濡れている尿道口を指先でこねまわされて、思わず全身に力が入った。

「ううっ、今度は俺が……」

このままでは、また快感に流されてしまう。謙治は反撃に転じようと体を起こすと、服を脱ぎ捨てて裸になった。

亜沙美が誘うような瞳で見あげてくる。浴衣の襟もとをそっと開くと、ブラジャーはなく、いきなり乳房が現れた。

「お風呂に入ったから……」

ノーブラが恥ずかしいのか、亜沙美が視線をすっとそらしていく。言いわけがましくつぶやき、頬をぽっと染めあげた。

(こんなに大きかったか……)

謙治は心のなかでつぶやき、まじまじと凝視する。

もともと大きかったが、さらにサイズがアップしているのではないか。まるでメロンのような乳房が、いかにも柔らかそうに揺れている。白いふくらみの先端には濃い紅《べに》色の乳首が乗っていた。

いくら風呂あがりだといっても、来客があるとわかっていてノーブラでいるだろうか。こうなることを最初から期待していたのかもしれない。そういえば、旦那は女性経験が少ないと言っていた。

(もしかして……)

夜の生活が淡泊で欲求不満だとしたら、昔の男に抱かれたいと思っても不思議ではない。

とにかく、亜沙美が謙治を求めているのは間違いない。浴衣の帯をほどいて、さらに前を開いていく。すると、引き締まった腰まわりが露になり、さらに漆黒の陰毛がそよぐ恥丘が見えてきた。

(おっ……ここは変わってないな)

謙治の胸に安堵がひろがった。

なにもかも変わっていたら淋しくなる。しかし、彼女の陰毛は昔と同じ楕円形に整えられていた。おそらく、亜沙美のこだわりなのだろう。長さも短く刈りそろえてあり、謙治はこの陰毛を撫であげるのが好きだった。

さっそく陰毛に触れてみる。柔らかくてふわふわしており、猫の毛を撫でているように心地いい。何度もくり返し撫であげると、亜沙美はぴったり閉じた内腿をもじもじ擦り合わせた。

「ああンっ、ねえ……」

もっと他のところも触ってほしいのだろう。濡れた瞳でおねだりするように見つめてきた。

謙治は陰毛に触れていた手を腹に移動させると、指先を臍の周囲で旋回させる。さらに這いあがり、たっぷりした乳房の下側に手のひらをあてがった。柔肉をゆったり揉みしだいて、指先をズブズブと沈みこませた。

（柔らかい……こんなに柔らかくなったのか）

成熟した元恋人の乳房は、今にも蕩けてしまいそうな感触だ。謙治は両手で夢中になって揉みまくり、魅惑的な感触を堪能した。

「はあンっ……ヘンな気分になっちゃう」

亜沙美は瞳をトロンと潤ませて、くびれた腰をよじらせている。乳房を揉まれたことで、気分が盛りあがっているのは間違いなかった。

「ああッ」

双つの乳首をそっと摘まむと、亜沙美の唇から甘い声が溢れ出した。

とたんに女体がビクンッと反応する。背中が見るみる反り返り、まるでブリッジするようにアーチを描く。内腿はぴったり閉じているが、くびれた腰が艶《なま》めかしく左右に揺れていた。

柔らかかった乳首が瞬く間に硬くなる。充血してぷっくりふくらみ、ただでさえ濃かった紅色がさらに濃厚に変化した。

「こうされるの、好きだったよな」

「あンっ、謙治……あぁンっ」

亜沙美がせつなげな瞳で見あげてくるから、なおさら愛撫に熱が入った。

グミのように硬くなったところを指先で転がしつづける。クニクニした弾力を楽しみながら、双つの突起を押し揉んだ。女体がくねって乳房が揺れる様子に、牡の欲望がふくれあがった。

謙治は彼女の下半身に移動すると、膝を立たせて下肢を割り開いた。

「あっ、ダメ……」

恥じらいの声を漏らすが抗うことはない。股間が剥き出しになっても、亜沙美は顔を横に向けただけだった。

白くてむちっとした内腿のつけ根に、鮮やかな紅色の陰唇が見えている。割れ目から大量の華蜜が溢れており、ヌラヌラと濡れ光っていた。十一年前と比べると大陰唇が少し形崩れしている。それなりに経験を積んできた証拠だった。

「わたし……変わったかな？」

謙治がじっと見つめていたからだろう。亜沙美は脚を開いたまま、不安げな声で尋ねてきた。

「変わってないよ……亜沙美はなにも変わってない」

穏やかな声で語りかける。

身体つきはより女っぽくなり、男を惹きつける魅力は増している。しかし、彼女の本質が変わったわけではない。こうして再会したことで、かつての恋人の魅力を再確認していた。

「やっぱり、亜沙美はいい女だよ」

心の底から語りかける。すると、亜沙美はくすぐったそうな笑みを浮かべた。

「謙治も、いい男だよ」

「俺なんて……」

「ううん。わたし、謙治のこと大好きだった。今でも大好きだよ」

彼女の言葉に嘘はない。だからこそ、やさしい声が胸にすっと流れこんでくる。破局したとはいえ、これほど素敵な女性と交際していたことが誇らしく思えた。

「亜沙美……」

謙治は前かがみになると、彼女の股間に顔を埋めていく。陰唇に口づけをして、舌先で割れ目を舐めあげた。

「ああンっ」

軽く触れただけなのに、亜沙美の唇から甘い声が溢れ出す。女陰の狭間から新たな華蜜が滲み出て、甘酸っぱい牝の香りがひろがった。

女体が小刻みに震えるから、ますます気分が盛りあがる。謙治は二枚の陰唇を交互に舐めると、口に含んでクチュクチュとねぶりまわす。さらには膣口にとがらせた舌をずっぷり埋めこんだ。

「はンンっ、そ、それ……好き」

亜沙美がかすれた声でつぶやいた。

もちろん、はっきり覚えている。彼女はクンニリングスで舌を挿入されるのが好きだった。こうして舌を埋めこみ、内側の敏感な粘膜を舐めあげると愛蜜の量が一気に増えるのだ。

（わかってるよ。こうしてほしいんだろ）

舌をできるだけ奥まで侵入させると、なかでくねらせて膣粘膜を刺激する。膣襞の細かい突起を舌先で感じながら、スローペースで出し入れした。

「あンっ……ああンっ」

亜沙美は甘い声を振りまき、白い下腹部を波打たせている。もうたまらないといった感じで両手をを伸ばすと、謙治の後頭部を愛おしげに抱えこんだ。

「うむっ……」

舌を埋めこんだ状態で唇と女陰が密着する。謙治はそのまま思いきり吸引して、華蜜をジュルルッとすすりあげた。

「はああッ、け、謙治っ」

亜沙美の喘ぎ声が大きくなる。尻がシーツから浮きあがり、股間を突き出すはしたない格好になった。

(感じてる……亜沙美が感じてるんだ)

彼女の興奮が伝わってくるから、謙治はますます女壺を舐めまわす。埋めこんだ舌を鉤《かぎ》状に曲げて膣壁を擦り、同時に愛蜜をすすり飲んだ。

「ああッ……ああッ……い、いいっ」

白い内腿が小刻みに痙攣する。愛蜜の量もどっと増えて、謙治の口のまわりはぐっしょり濡れていた。

「も、もうダメっ、あああッ、あぁあああああああッ！」

ついに亜沙美が絶頂の声を響かせる。股間を突きあげた状態で、全身に震えが走り抜けていく。謙治の頭を両手で抱えこみ、大股開きで自分の性器に押しつけながら昇りつめていった。

腰を浮かせた格好で女体が硬直する。

数秒後、一気に力が抜けて崩れ落ちた。シーツの上に四肢を投げ出すと、胸をハアハアと喘がせる。女体はしっとり汗ばんでおり、アクメに達した直後の生々しさが漂っていた。

（よ、よし……）

彼女をイカせたことで、謙治の欲望は再び大きくふくれあがった。

ペニスは完全に復活しており、先ほどから我慢汁が大量に溢れている。もう休んでいる余裕はないほど興奮していた。

「亜沙美……いいよな」

声をかけて浴衣を剝ぎ取り、脱力している女体を転がしてうつぶせにする。そして、腰をつかんで引きあげると、四つん這いの姿勢を強要した。

なにしろスタイルがいいので、這いつくばると腰のくびれが強調される。尻はボリューム満点で、大きな乳房が重たげに揺れていた。背中の中心に走る背筋のラインも色っぽく、何時間でも眺めていられそうだった。

「ま、待って……少し休ませて」

「亜沙美は後ろからされるのが好きだったよね」

柔らかい尻たぶを撫でまわしては、臀裂を指先で撫であげる。すると、彼女はくすぐったそうに腰をよじった。

「ああンっ、い、今はダメ……」

「旦那さんはしてくれるの？」

「あの人は、普通に抱くだけだから……」

やはり旦那のセックスは淡泊なのだろう。正常位だけなら、彼女は満足できていないはずだ。

「じゃあ、今夜は俺がいっぱいしてあげるよ」

尻たぶを抱えこむと、いきり勃ったペニスの先端を女陰に押し当てる。恥裂を軽くなぞり、膣口を探り当てると体重を浴びせかけた。

「はンンっ、ダ、ダメぇっ」

口では「ダメ」と言っているが、女体は完全に受け入れ態勢だ。膣口から大量の果汁が溢れ出し、亀頭を迎えるように膣襞が波打った。

「おおっ……」

たまらず呻き声が漏れてしまう。うねる膣襞の感触がたまらなくて、一気に根元まで埋めこんだ。

「はあああッ！」

亜沙美の唇から絶叫にも似た喘ぎ声がほとばしる。両手でシーツを握りしめて、頭が大きく跳ねあがった。

ペニスを突きこんだことで、女壺に溜まっていた華蜜がブチュッと溢れ出す。膣襞がさっそくざわめき、太幹にからみついてくる。膣道全体が蠕動《ぜんどう》して、長大な肉棒をねぶりあげてきた。

「くううッ……」

謙治は思わず奥歯を食い縛った。

強烈な締まり具合で、いきなり快感の波が押し寄せてくる。膣の奥に到達している亀頭から、我慢汁がトクッと溢れるのが確かにわかった。

「あぁッ、い、いきなり……」

勢いよく根元まで挿入したことで、亜沙美の這いつくばった女体が震えている。ひと息に貫かれて、重い衝撃が突き抜けたのは間違いなかった。

「こ、これが……一番、好きだったよね」

謙治は彼女のくびれた腰を両手でつかみ、快感の波が収まるのを待っていた。

ペニスは根元まではまっており、膣襞が驚いたように蠢いている。落ち着く前にピストンをはじめたら、瞬く間に達してしまいそうだ。とりあえず、快感の第一波が去るまでは動けなかった。

「そ、そう……これがいいの」

亜沙美がうわずった声でつぶやいた。そして、ピストンをねだるように尻を突き出してくる。その結果、ペニスがさらに奥まで入りこみ、亀頭が膣道の行きどまりに到達した。

「う、動くなよ……」

快感が大きくなり、謙治は慌てて全身の筋肉を力ませる。とくに尻たぶを締めつけて、こみあげてきた射精欲を抑えこんだ。

「だ、だって、謙治の大きいから……」

振り返った亜沙美の瞳はトロンと潤んでいた。

もう快感が全身にひろがっているのだろう。力強いピストンを欲しているのは明らかだ。昔からバックから挿入されるのが好きで、しかも乱暴なくらい突きまくられると感じるタイプだった。

今、亜沙美は腰をクネクネと左右に揺らして、懇願するような瞳を向けている。もう我慢できないのだろう。膣道が常にうねっており、まるでペニスが咀嚼《そしゃく》されているようだった。

（あのころと変わらないな……）

謙治は胸のうちでつぶやき、ゆっくり腰を振りはじめた。

だが、まだ前戯の段階だ。根元まで埋めこんだペニスをじわじわ後退させると、抜け落ちる寸前で動きをとめる。そして、膣道の浅瀬で亀頭をクチュクチュとかきまわす。すると、尻たぶがブルルッと震えて、膣口が猛烈に収縮した。

「ああぁッ」

「ううッ……こ、これは……」

ちょうどカリ首のあたりが締めつけられる。膣口が食いこみ、新たな快感が湧き起こった。

「それ、弱いの……ああンっ、焦らさないで」

「やっぱり、これが好きなんだね」

謙治は声をかけながら、さらに膣道の浅瀬を刺激する。腰を小刻みに動かして、カリで膣壁を擦りあげた。

「あッ……あッ……そ、そこばっかり」

尻たぶの震えが大きくなる。もう耐えられないといった感じで、臀裂の奥に見えている肛門までひくつきはじめた。

「あンンっ、お、お願い……謙治、お願いっ」

亜沙美は腰を振りながら懸命に懇願してくる。謙治も突きまくりたいのを我慢していた。

　こうして時間をかけることで、ふたりの性感がどこまでも高まっていく。飛びあがる前に、バネをギリギリまで押しつぶした状態だ。ここでギアを一気にトップに入れると、より大きな快感を得られることを知っていた。

「い、いくよ」

　謙治は彼女の背中に覆いかぶさると、うなじに唇を這わせていく。それと同時に両手を前にまわしこんで乳房を揉みあげた。

「ああっ……き、来て」

　彼女の甘ったるい声を合図に、野太く成長したペニスを勢いよくたたきこむ。巨大な亀頭が膣の奥に到達して、女壺全体が思いきり収縮した。

「はああああッ、い、いいっ」

　亜沙美が喘ぎ声とともに快感を告げる。女体に震えが走り抜けて、膣の媚肉が意志を持った生物のように蠢いた。

「ぬううッ……」

　埋めこんだペニスが四方八方から揉みくちゃにされている。たまらない愉悦が押し寄せて、瞬く間に射精欲がふくらんでいく。それでも謙治は奥歯を食い縛り、腰を力強く振りはじめた。

「ああッ……ああッ……いいっ、いいのっ」

亜沙美が感じてくれるから、ますます抽送速度がアップする。カリを膣壁に擦りつけて、太幹をグイグイと出し入れした。

「き、気持ちいいっ、くおおおッ」

「はあぁッ、も、もうっ、もうイキそうっ」

謙治が男根をたたきこめば、亜沙美も尻を前後に揺すりたてる。ふたりの動きがピタリと一致することで、快感は飛躍的に大きくなった。

「おおおッ……おおおおッ」

乳房を揉みながらバックで腰を振りまくる。ペニスを奥の奥まで突きこみ、かつての恋人を追いこんでいく。亜沙美も女壺で男根を締めあげて、さらに尻を突き出してきた。

「あああッ、いいっ、いいのっ」

十一年ぶりでも動きは完全に合っている。ふたりは興奮にまかせて、絶頂の急坂を一気に駆けあがった。

「おおおッ、で、出るっ、出る出るっ、くおおおおおおおッ！」

ペニスを根元まで埋めこみ、ついに欲望を爆発させる。濡れ襞で太幹を揉みくちゃにされるのが気持ちいい。女壺のなかで男根が暴れまわり、睾丸のなかで沸騰していた精液が高速で尿道を駆け抜けた。

「ああああッ、い、いいっ、はあああッ、ああああああああああッ！」

亜沙美もオルガスムスの嬌声《きょうせい》を響かせる。女豹《めひょう》のポーズで這いつくばったまま、はしたなく尻を掲げていた。白い尻たぶに何度も痙攣が走り抜ける。背中を大きく反らして、歓喜の涙まで流していた。

やがて、亜沙美は自分の身体を支えることができなくなり、力つきたように突っ伏した。とはいえ、ペニスが刺さったままなので、尻は高く持ちあげている。片方の頬をシーツに押しつけて、唇の端から涎を垂れ流していた。

全身に愉悦が蔓延《まんえん》している。

頭の芯まで痺れきって、しばらくなにも考えられなかった。

ふたりの相性がいいのはわかっていた。しかも、一夜限りの交じり合いだったので、より快楽に没頭することができたのだろう。つき合っていたときよりも激しく燃えあがり、かつてない絶頂を味わった。

謙治も最高の快楽を体験して、精も根も尽きはてていた。

ペニスを引き抜くと、彼女の隣にどっと倒れこむ。ふたりは身を寄せ合うようにして、ほんの束《つか》の間《ま》まどろんだ。

第五章　十年ごしの情欲

1

「亜沙美ならきっと大丈夫だよ」

謙治は真剣な表情で語りかけた。

すると亜沙美は眩しげに目を細めて見つめ返してくる。しばらく黙っていたかと思うと、微笑を浮かべてこっくりうなずいた。

「謙治がそう言うなら間違いないね」

穏やかな声だった。ほっとした表情になっており、なにやら気持ちが軽くなっているように見えた。

ふたりは早朝のホームにたたずんでいる。

また始発までは時間があるが、亜沙美は謙治と話をするため早めにやってきたという。昨夜のことで吹っきれたようで、夫と暮らしていく決意が固まり、東京に帰る前に感謝の気持ちを伝えたかったらしい。

昨夜は遅くなってからアパートに戻った。睡眠時間は普段より短かったが、ぐっすり眠ることができた。亜沙美と久しぶりに会って話したことで、憑《つ》き物が落ちたような気分だった。

「結局、俺はなにもしてあげられなかったな」

亜沙美がわざわざ東京から訪ねてきたのに、なにかアドバイスをしてあげられたわけではない。謙治はただ彼女の話を聞いていただけだった。

「ウソ……後ろからいっぱい突きまくったくせに」

亜沙美はそう言うと、いたずらっぽい笑みを浮かべる。謙治は顔が熱くなるのを感じて、思わず周囲を見まわした。

「お、おい……」

「誰もいないわよ」

確かに、まだ乗客が集まってくる時間ではない。それでも、仕事場なので落ち着かなかった。

「もしかして、聞かれたらまずい相手でもいるの？」

鋭い指摘に思わずたじろいでしまう。

交際していただけのことはある。亜沙美は謙治の言動から、気になる相手がいることを見抜いているようだった。

「とにかく、ありがとう。謙治のおかげで結婚に迷いがなくなったわ」

亜沙美は真面目な顔になってつぶやいた。

「うん……」

自分になにができたのかはわからない。だが、彼女の清々しい表情を目にしたことで、謙治も心が安らいだ。

「きっと、誰かに話を聞いてもらいたかったんだと思う。でも、誰でもいいわけじゃないの。やっぱり、わたしを理解してくれてる人じゃないと」

「それが……俺？」

謙治が自分を指差すと、彼女はこっくりうなずいた。

「その人に背中を押してもらいたかったのね。それに、謙治がどうしてるのかも気になってたから」

亜沙美がやさしげな瞳で見つめてくる。そして、ほんの一瞬、泣きそうな顔になって唇を引き締めた。

「謙治が北海道に帰ってから、一日も忘れたことなんてなかった。元気でいてくれて
よかった」

「亜沙美……」

「謙治が元気じゃなかったら、わたし、結婚やめてたかも……なんてね」

そう言って笑うが、瞳には涙がいっぱい溜まっていた。

十一年前、謙治が一方的に別れを告げたことで、彼女は引きずっていたのかもしれ
ない。結婚の相談もあったが、それだけではなく自分の気持ちにけりをつけたかった
のではないか。亜沙美を見ていると、そんな気がしてならなかった。

「会いに来てよかった」

亜沙美は独りごとのようにつぶやいた。

(すごいな……)

謙治はなにかを問いかけられた気持ちになった。

彼女は自ら動くことで、不安や胸のつかえを解消したのだ。その行動力に感心する
と同時に、悶々としている自分が恥ずかしくなった。

「そろそろ仕事に戻らないと」

「わたしはそこに座ってるわ」

亜沙美はキャリーバッグを横に置いてベンチに腰かけた。

スマホを取り出して、なにやらいじりはじめる。夫にメールを打っているのかもしれなかった。

やがて電車がやってきてホームに滑りこんできた。

亜沙美のことは気になるが、謙治はしっかり業務をこなして、乗客を迎えるため改札に向かった。

いつもの顔ぶれが改札を通過して、電車に乗りこんでいく。そして、最後に小百合が姿を見せた。ロータリーの向こうから徐々に近づいてくるところだった。

(今日こそ、俺から……)

勇気を出して声をかけようと思う。まずは挨拶だけでいい。それが次の一歩につながると信じていた。

小百合が定期券を手に持ち、改札を通過しようとする。軽く目礼はするが、このままではいつもと同じだ。

「お……おはよう」

思いきって挨拶する。緊張のあまり声はかすれてしまったが、しっかり彼女の耳に届いていた。

小百合は驚いたように立ちどまり、謙治の顔を見つめてくる。視線が重なると、慌てた様子で顔をうつむかせた。

（やっぱり、ダメか……）

先日のことで気を悪くしているのかもしれない。酔った勢いで押し倒したのだ。彼女が怒るのも無理はなかった。

謙治も顔をうつむかせたとき、小百合が息を吸う音が聞こえた。

「おはよう……」

清流のような清らかな声だった。

はっとして顔をあげると、小百合はもう歩きはじめていた。背中が遠ざかり、電車に乗りこむのが見えた。

（さ……小百合ちゃん）

小さな一歩だが、歩み寄るきっかけになったかもしれない。謙治は思わず胸に手を当てて小さく息を吐き出した。

「なるほど、あの人ね」

ふいにからかうような声が聞こえて振り返る。すると、いつの間にか亜沙美がすぐそこに立っていた。

「謙治の想い人……ちょっと妬《や》けちゃうな」

「あ、亜沙美……」

「ふふっ、冗談よ」

亜沙美はそう言うとキャリーバッグを転がして歩きはじめる。

「陰ながら応援してる」

「行くのか」

「うん、がんばってね」

「あ、ああ……亜沙美も……」

亜沙美は小さく手を振り、あっさり電車に乗りこんだ。

後腐れなく別れるつもりなのだろう。もうこれで亜沙美に会うことはないかもしれないと思うと、胸に淋しさがこみあげてきた。

だが、亜沙美が謙治の背中を押してくれたことは間違いない。

「安全よーし！」

いつものように始発電車を送り出す。

電車が動きはじめて、ゆっくりホームを離れていく。謙治は思わず敬礼をして、亜沙美が乗っている電車を見送った。

2

「小百合ちゃん、ちょっといいかな」

終電から降りてきた小百合に声をかけた。

今朝、自分から話しかけることができたとはいえ、そう簡単に緊張がほぐれるはずもない。だからといって、間を置くと勇気がなくなってしまう。今日しかないと思って勝負をかけた。

「明日、休みだよね」

唐突になってしまったが、まわりくどい話をする余裕はない。明日は土曜日なので、特別なことがなければ小百合は休みのはずだった。

「うん……」

「俺も休みなんだ。だから、今夜……しょ、食事でも……」

居酒屋に誘う計画だ。しかし、どんどん緊張感が高まり、肝心なところで言葉につまってしまう。

一瞬、沈黙が流れて、小百合は驚いた様子で目を見開いた。もしかしたら、前回のことを思い出したのかもしれない。だが、すぐに表情を崩してくれた。

「じゃあ、わたしのうちに来る？」

意外な言葉だった。思わず見つめ返すと、小百合は女神のようなやさしげな笑みを浮かべていた。

「い……いいの？」

「簡単なものしか作れないけど、それでもいいなら」

信じられない言葉だった。

居酒屋に誘うことができれば、それでいいと思っていた。それなのに、また彼女に部屋に行けるのだ。謙治にとってこれほどうれしいことはない。予想をうわまわる最高の展開になっていた。

「う、うん……じゃあ、あとで」

「声をかけてくれてありがとう」

小百合は軽く手を振り、どこか楽しげに帰っていった。

上手くしゃべれなかったが、なんとか約束を取りつけることはできた。思いきって声をかけて本当によかった。

亜沙美が背中を押してくれたおかげだ。一所懸命に生きている彼女の姿を見たことで、謙治も前を向こうと心に決めた。恐れているだけではなく、自分で運命を切り開こうという気になったのだ。

その後、終電を送り出すと、謙治は気合いを入れて仕事を終わらせた。急いでアパートに帰り、シャワーを浴びて身だしなみを整える。今夜はしっかり気持ちを伝えるつもりだ。

亡くなった親友の妻だということを忘れたわけではない。それを含めたうえで、小百合と向き合っていく決心を固めた。

一度は手を出しておきながら、それ以降はろくに挨拶もしていなかった。このまま中途半端な気持ちで暮らしていくのは違うと思う。なにより、小百合に対して失礼だった。

ダウンジャケットを着こんでアパートをあとにした。

今夜も冷えるが心は熱い。謙治は気持ちを引きしめて、田舎道を彼女のアパートに向かって歩いていった。

「いらっしゃい。寒かったでしょ、あがって」

インターホンを鳴らすと、すぐにエプロン姿の小百合が迎えてくれた。

「お邪魔します」

部屋にあがるなり、いい匂いが鼻腔に流れこんでくる。期待に胸をふくらませながら、勧められるままテーブルの前に座った。

小百合が料理を運んでくる。野菜がたっぷり入ったクリームシチューだ。寒い日には最高のご馳走だった。

「あまり煮こむ時間がなかったから、ちょっと物足りないかも」

「小百合ちゃんの料理なら旨いに決まってるよ」

テンションがあがっていたのもあるが、普段なら赤面するような褒め言葉を口にできた。そのひと言で、小百合の表情が和らいだ気がする。彼女も腰をおろして、いっしょにシチューを食べた。

「コーヒーでいい？」

食事が済んで、洗いものを終えた小百合が声をかけてくる。だが、謙治は彼女を呼ぶと、とりあえず座ってもらった。

「話があるんだ」

緊張が胸にひろがっていく。しかし、気持ちは決まっていた。

謙治はテレビボードに置いてある、小百合と志郎の結婚式の写真をチラリと見やった。親友の妻だからこそ、責任を持って守っていかなければならない。その気持ちは微塵も揺らがなかった。

「あらたまって、どうしたの？」

小百合もなにを言われるのか悟っているのかもしれない。エプロンを取ると、緊張の面持ちで正座をした。

「本当は言わないつもりだった。近くで見守っていければ、それでいいと思っていたんだ」

謙治も正座をして切り出すと、小百合は黙ってまっすぐ見つめてくる。そうやって耳をかたむけてくれることがうれしかった。

「でも、俺は自分の気持ちをごまかしていたんだと思う。告白する勇気がないだけなのに、親友の奥さんだからって自分に言い聞かせてきたんだ」

そこで言葉を切ると、小さく息を吐き出した。

「小百合ちゃん、好きです」

口下手な謙治だが、まったくつまることはなかった。覚悟を決めて、正直な気持ちをシンプルな言葉にこめた。

「ずっと前から小百合ちゃんのことが好きでした。その気持ちは変わらない。これからの人生、俺といっしょに歩んでほしい」

これ以上、あれこれ言う必要はない。幼いころからの知り合いだ。互いのことは語らずともわかっていた。

「遅いよ……」

消え入りそうな声だった。

小百合は涙ぐんでいる。いやな予感がして逃げ出したい衝動に駆られた。それでも、彼女のことをまっすぐ見つめつづけた。

「待ってた……謙治くんがそう言ってくれるの、ずっと待ってたの」

感情のこもった言葉だった。

小百合は夫の志郎と死別したあと、十年もひとり身を貫いてきた。その間、謙治は彼女のことを見つめつづけていた。ふたりはすぐ近くにいながら、決して相手の領域には踏みこまなかった。

毎朝顔を合わせて挨拶を交わしていた。互いのことを意識し合ってもいた。それなのに、誰よりも近くて遠い存在だった。

「遅くなってごめん」

「ううん……ありがとう」

手をすっと伸ばして、謙治の手を握りしめてくる。そして、瞳から大粒の涙をポロリとこぼした。

「わたしでよければ、よろしくお願いします」

「小百合ちゃんっ」

感情の昂《たかぶ》りにまかせて女体を抱きしめる。そのまま口づけをすれば、小百合も唇を半開きにして応じてくれた。

どちらからともなく舌を伸ばしてからめ合う。自然とディープキスになり、互いの口のなかを舐めまわす。唾液を交換して味わえば、ふたりの欲望は同時に高まっていった。

「謙治くん……」

小百合に手を取られて、謙治もいっしょに立ちあがる。再び抱き合って口づけを交わせば、ますます気分が高揚した。

ふたりは見つめ合ってはキスすることをくり返す。舌をからめているだけで、全身が熱く燃えあがる。股間もかつてないほど張りつめて、先端からカウパー汁が溢れ出すのがわかった。

見つめてくる小百合の瞳もねっとり潤んでいる。謙治の手を握ったまま、無言で奥の寝室に向かって歩き出した。

3

八畳ほどの部屋の中央にダブルベッドが置いてある。サイドテーブルの上にはスタンドライトがあり、部屋のなかをぼんやり照らしていた。

ここはかつての夫婦の寝室だ。ダブルベッドを目にすると、小百合と志郎がここで身体を重ねていたことを実感させられる。しかし、以前にあった胸を掻《か》きむしりたくなるような嫉妬は湧かなかった。

(小百合ちゃんのことは俺が守るよ)

心のなかで亡き親友に告げると、謙治は小百合を抱き寄せた。

ふたりはダブルベッドの前で身を寄せ合っている。小百合は謙治の胸に頬を押し当てて、静かに睫毛を伏せていた。

謙治は両手を彼女の背中にまわすと、できるだけやさしく撫でている。今すぐ押し倒したい気持ちもあるが、一方でこの幸せな時間を終わらせたくないとも思う。昂りにまかせて腰を振り合えば、一瞬で達してしまう気がした。

（でも……）

すでにペニスは限界までいきり勃《た》っている。ジーパンの前が大きく盛りあがり、彼女の下腹部を圧迫していた。

「あっ……謙治くん」

小百合が胸もとから見あげてくる。そして、物欲しげな表情で、下腹部をそっと押しつけてきた。

「もう、こんなに」

「うっ……さ、小百合ちゃん」

ペニスを圧迫されて、甘い刺激が波紋のようにひろがっていく。思わず呻き声を漏らすと、彼女はさらに下腹部を左右に揺すり立ててきた。

「硬いのが当たってるわ」

「う、動かないで……」

「どうして？」

小百合も欲情しているのかもしれない。謙治の目を見つめたまま、さらに下腹を擦りつけてくる。ジーパンごしに刺激されて、我慢汁が溢れ出してしまう。快感と同時に欲望がふくれあがり、彼女の背中を抱く手に力がこもった。

「あンっ……苦しい」

「ご、ごめん……」

慌てて手の力をゆるめると、小百合は楽しげな笑みを浮かべる。その表情が愛しくて、彼女のセーターを脱がしにかかった。

裾をまくりあげると頭から抜き取り、上半身は白いブラジャーだけになる。レースがあしらわれたハーフカップのセクシーなデザインだ。さらにフレアスカートも取り去れば、意外なことに純白のガーターベルトとセパレートタイプのストッキング、それにブラジャーと同じデザインのパンティが現れた。

「こ、これは……」

謙治は思わず目を見張った。

ウエディングドレスを思わせる下着を目にして、言葉を失ってしまう。小百合は恥ずかしげにしているが、決して身体を隠そうとしなかった。

「こ、これ……どうかな？」

謙治の反応が気になるらしく、腰をよじらせながら尋ねてくる。そんな仕草が色っぽくて、謙治はますます食い入るように見つめていた。

スタンドのぼんやりした明かりが、なおさら女体を幻想的に見せている。女神のように美しい身体は、純白のブラジャーとパンティ、それにガーターベルトとストッキングによって完璧に彩られていた。

おそらく、食事に誘った時点で告白されることを予想していたのではないか。だから、あらかじめこの下着を身に着けていたのだろう。淑やかな小百合が、普段からこんな格好をしているとは思えなかった。

「お、俺のために?」

懸命に興奮を抑えながら尋ねると、小百合は小さくうなずいてくれた。

「に、似合ってる。すごく似合ってるよ」

謙治も服を脱ぎ捨てて裸になる。ペニスは完全に勃起して反り返り、先端は我慢汁で濡れ光っていた。

小百合がペニスを目にして、微かに喉を鳴らすのがわかった。

彼女も求めている。それが伝わってきたことで、謙治もますます興奮していく。もう見ているだけでは我慢できなかった。

女体を抱きかかえてベッドに倒れこむ。だが、すぐに挿入するつもりはない。謙治は仰向けになると、小百合を逆向きにして自分の上に乗せあげた。

互いの股間に顔を寄せる、いわゆるシックスナインと呼ばれる格好だ。小百合は謙治の顔をまたぎ、うつ伏せになっている。身体が密着しているうえ、彼女の目の前にはペニスがそそり勃っていた。

「ああっ、恥ずかしい」

小百合はそう言いつつ、ペニスを見つめているのだろう。その証拠に熱い吐息が亀頭に吹きかかっていた。

「小百合ちゃん……」

謙治は両手をまわして、彼女のヒップを抱えこんだ。純白のパンティに包まれた尻たぶに手のひらをあてがい、ゆったりと揉みあげてみる。柔肉に指先をめりこませると。女体がピクッと反応した。

「あンっ……」

小百合が喘ぐと、またしても亀頭に息が吹きかかる。その直後、カリのあたりにヌルリッとした感触が走り抜けた。

「ううッ」

たまらず呻いて尻たぶに指を食いこませる。

これは舌の感触に間違いない。小百合がペニスに舌を這わせてきたのだ。これを期待してシックスナインの体勢を取ったのだが、これほどあっさり舐めてくれると思わなかった。

「謙治くん……はンンっ」

色っぽい声を漏らしながら、カリの周囲に舌を這わせてくる。唾液とカウパー汁でヌルヌル滑り、瞬く間に快感がひろがった。

謙治も反撃とばかりに、尻にまわしこんだ手の指先をパンティの船底に這わせていく。女陰のあたりを軽く押してみると、クチュッという湿った音がして、布地にじんわりと染みがひろがりはじめた。

「あンっ、ダ、ダメ……」

小百合は腰を軽くよじり、再び舌を這わせてくる。竿を根元から舐めあげて、カリの裏側を舌先でくすぐってきた。

「そ、そこは……くううッ」

もう呻き声がとまらない。謙治はパンティの股布を脇にずらして、女陰を剝き出しにした。

（こ、これが小百合ちゃんの……）

最愛の女性の秘所を目にして、思わず首を持ちあげ、まじまじと見つめてしまう。

（もうぐっしょりじゃないか……）

目の前にある小百合の女性器は、サーモンピンクの陰唇を華蜜にまみれさせており、淫らで魅力的な光を放っていた。甘酸っぱい牝の香りも漂ってきて、獣欲が否応なく刺激されて盛りあがった。

「い、いや……見ないで」

小百合が弱々しい声で訴えてくる。慌てた様子で脚を閉じようとするが、内腿で謙治の顔を挟みこむ結果にしかならない。それどころか、視線を感じて興奮しているのか、割れ目から透明な汁がじくじく湧き出していた。

（あの小百合ちゃんが、こんなに……）

幼いころから知っている小百合が、長年想いつづけてきたあの小百合が、これほどまでに濡らしているのだ。

「さ、小百合ちゃんっ、うむううううッ」

謙治はもう自分を抑えられなくなり、獣のように唸りながら目の前の女陰にむしゃぶりついた。

「あああッ、そ、そんなこと……はあああッ」

小百合のとまどった声が、なおさら興奮を煽り立てる。舌を伸ばして陰唇を舐めまわし、唇を密着させて愛蜜をすすり飲んだ。

「ひいッ、あひぃッ、ダ、ダメぇっ」

突然の愛撫にヒイヒイ喘いで腰をよじらせる。そして、ペニスの根元をしっかりつかみ、亀頭をぱっくり咥えこんできた。

「あむううッ……ンっ……ンンっ」

彼女もかなり興奮しているらしく、いきなり亀頭をねぶりまわしてくる。我慢汁で濡れているのに、構うことなく舌を這わせてきた。

「す、すごい……うむむッ」

謙治も女陰に吸いつき、舌先を膣口に埋めこんでいく。膣襞を刺激すると、目の前に見えている肛門がヒクついた。

「あふッ……あふンッ」

小百合はペニスを頬張ったまま、くぐもった喘ぎ声を漏らしている。愛蜜の量が増えるほど、彼女の愛撫も大胆になっていく。首をリズミカルに振り立てて、ペニスをねちっこくしゃぶりあげる。その結果、今にも溶けてしまいそうな快感が押し寄せてきた。

「くおおッ、も、もう……」

これ以上は我慢できない。一刻も早くつながりたい。長年想いつづけてきた小百合とひとつになり、快楽を分かち合いたかった。

女体を隣におろして仰向けにすると、まずはブラジャーを取り去り、たっぷりとした乳房を剝き出しにする。肌が雪のように白いので、先端で揺れている乳首の鮮やかな桜色が目立っていた。

さらにパンティも引きおろして、つま先から抜き取った。これで小百合が身に着けているのは、純白のガーターベルトとセパレートタイプのストッキングだけだ。恥丘に茂る漆黒の陰毛も淫らで、全裸よりもかえって艶めいた格好だった。

「け……謙治くん」

甘えるような声で語りかけてくる。小百合の瞳はねっとり潤み、欲情しているのは明らかだった。

「小百合ちゃん」

謙治はさっそく女体に覆いかぶさっていく。彼女の下肢を左右に開いて、腰を割りこませた。

「ま、待って、久しぶりなの……だから……」

小百合が恥ずかしげに訴えてくる。

夫が亡くなってから十年間、操《みさお》を立ててきたのだろう。欲情しているが、男根を受け入れるのは怖いのかもしれなかった。

「わかった……俺にまかせてくれ」

謙治は興奮を抑えて、安心させるように語りかけた。

ペニスはしゃぶられたことでさらに大きくなり、唾液でしっとり濡れている。早く突きこみたいのを懸命にこらえて、張りつめた亀頭を女陰に押し当てた。そして、少しずつ体重を浴びせかけていく。

「あッ……あッ……ゆ、ゆっくり」

小百合が眉を歪めてつぶやいた。

謙治は慎重にペニスを押しつける。膣は大量の華蜜で潤っており、陰唇も蕩けきっていた。やがて亀頭がじわじわと沈みこみ、ついには二枚の女陰とともにヌプリッと膣内に収まった。

「あンンッ」

女体が仰け反り、小百合の顎が跳ねあがる。それと同時に膣が猛烈に締まって、カリ首を締めつけてきた。

「うむッ……」

謙治は思わず唸りながら、さらにペニスを埋めこんでいく。みっしりつまった媚肉をかきわけて、亀頭を膣道の奥深くまで挿入した。

「あああッ、け、謙治くん」

小百合が潤んだ瞳で見あげてくる。両手を伸ばして首にまわしこみ、謙治を強く抱き寄せた。

自然と顔が近づき、唇を重ねていく。正常位でつながった状態での口づけだ。舌をからめて唾液を吸い合うことで、さらに一体感が深くなる。じっとしているだけでも快感の小波《さざなみ》が次から次へと打ち寄せた。

「は、入った……ひとつになったんだ」

唇を離して語りかける。すると、小百合は涙を流しながら何度もうなずいた。

「うれしい……」

彼女の言葉が胸に染み渡る。

謙治は上半身を起こすと、腰をゆったり振りはじめた。ペニスを超スローペースで出し入れする。刺激は弱いが、それでも小百合とセックスしていると思うだけで快感は高まった。

「あっ……あンっ」

小百合は早くも甘い声を振りまいている。

なにしろ、男根を受け入れるのは久しぶりだ。ペニスを軽く動かすだけでも女体は敏感に反応する。膣が驚いたように収縮と弛緩をくり返し、奥から大量の華蜜が溢れ出した。

「まさか、小百合ちゃんと……ううッ」

夢のような状況だ。己《おのれ》のペニスで小百合が喘いでいるのだ。想像したことはあるが、まさか現実になるとは思いもしなかった。

「け、謙治くんと……ああンっ、うれしい」

小百合が両手を伸ばして抱きついてきた。

謙治は再び上半身を伏せると、胸板と乳房を密着させた。その状態で腰を振り、亀頭で膣奥をねちねちとかきまわす。濡れそぼった媚肉がクチュクチュと湿った音を響かせて、小百合の反応が大きくなった。

「ああッ、そ、そこ……あああッ」

「これが好きなんだね……」

謙治は焦ることなく、じっくり腰を振り立てる。彼女が感じる場所を見極めて、そこを集中的に擦りあげた。

「はああッ、あああッ、い、いいっ……いいのっ」

小百合が喘いでくれるから、謙治の快感も大きくなる。自然とピストンが速くなるが、女壺もすっかりなじんでいるようだ。それならばとカリで膣襞を摩擦して、亀頭の先端で子宮口をノックした。

「あぁッ……あぁッ……い、いいっ、気持ちいいっ」

ついに小百合が手放しで喘ぎはじめる。くびれた腰をくねらせて、セパレートのストッキングを穿いた美脚を謙治の体に巻きつけてきた。

「おおおッ、さ、小百合ちゃんっ」

膣が猛烈に波打ち、太幹がギリギリと絞りあげられる。たまらず快楽の呻きを振りまき、腰を力強く振り立てた。

「い、いいっ……あぁッ、謙治くんを……感じてるっ」

小百合の喘ぎに昂り、抽送は激しさを増していく。勢いよくペニスを出し入れするほど、膣の締まりが強くなる。もはや男根と女壺はトロトロに蕩けて、快感の大波が次から次へと押し寄せた。

「あああッ、はああッ、も、もうっ、もうダメっ」

絶頂が近づいているのは間違いない。抽送に合わせて小百合も股間をしゃくりあげる。ペニスを味わうような動きが淫らで、謙治も射精欲が一気に高まった。

「くううッ、お、俺も……」

「け、謙治くん、いっしょに」

小百合が同時に昇りつめることを懇願してくる。謙治は奥歯を食い縛ってうなずくと、さらにピストンを加速させた。

「おおおッ……ぬおおおおッ」

湿った音が響き渡り、ダブルベッドがギシギシ軋《きし》む。もう遠慮する余裕はない。欲望にまかせて全力でペニスをたたきこんだ。

「いいっ、いいっ、あああああッ、もうダメっ、イクッ、イクイクううううッ！」

女体が痙攣をはじめたと思うと、小百合がアクメの嬌声を響かせる。膣道が激しく波打ち、ペニスがこれでもかと締めつけられた。

「くおおおおッ、で、出るっ、おおおおッ、くおおおおおおおおおッ！」

ほぼ同時に謙治も咆哮《ほうこう》を轟かせる。凄まじい快感が突き抜けて、女壺の奥深くに埋めこんだ男根が跳ねまわった。大量のザーメンが勢いよく噴きあがり、次々と子宮口を直撃した。

小百合の媚肉に包まれての射精は、かつて経験したことのないものだった。膣襞がペニスをしゃぶっているようで、一瞬たりとも快楽が途切れない。全身が蕩けてしまいそうな愉悦だった。

「ああっ、謙治くん……」

「さ……小百合ちゃん」

名前を呼び合いながら唇を重ねる。まだ絶頂している最中に舌をからめると、ますます快感が大きくなった。

いつしか小百合は歓喜の涙を流している。謙治は延々と射精をして、気が遠くなるほどの快楽に溺れていった。

*

謙治はいつもどおり、終着駅の改札に立っていた。

町の人たちがバラバラとやってきて、挨拶をしながら改札を通りすぎていく。顔なじみばかりなので、もはや家族のような感覚だった。

最後に現れたのは小百合だ。

寒そうにコートの襟を立てているが、謙治と目が合うと柔らかい笑みを浮かべてくれる。そして、歩調を速めて近づいてきた。

「謙治くん、行ってくるね」

「うん、気をつけて」

いつものように言葉を交わす。そして、小百合は改札を通りすぎたところで、なにかを思い出したように足をとめた。

「晩ご飯はなにがいい？」

「クリームシチュー」

謙治が即答すると、彼女は楽しげに「ふふっ」と笑った。

「ほんとに好きね。いいわ、帰りに材料買ってくる」

「いつも悪いね。いってらっしゃい」

小百合は手を振り、今度こそ始発電車に乗りこんだ。

ふたりは新しくアパートを借りて、いっしょに住みはじめた。年が明けたら籍を入れる予定だ。時間はかかったが、思いきって告白して本当によかったと思う。毎日が楽しく、厳寒の土地でも心は温かかった。

きっと天国の親友も認めてくれていると思う。謙治と志郎は、なにかあったら小百合を守るという約束していた。

「安全よーし！」

謙治はホームに移動して、指差喚呼を行った。

動き出した電車の窓から小百合が手を振っているのが見えた。謙治は笑顔で敬礼をして見送った。

愛する人を全力で守っていく。遠ざかっていく電車を見送りながら、謙治はあらためて心に誓った。

（了）

※本作品はフィクションです。
作品内の人名、地名、団体名等は
実在のものとは関係ありません。

長編小説

とろめきの終着《しゆうちやく》駅《えき》

葉月《はづき》奏太《そうた》

2020年5月25日　初版第一刷発行

ブックデザイン…………………… 橋元浩明(sowhat.Inc.)

発行人…………………………………………… 後藤明信
発行所……………………………………… 株式会社竹書房
〒102-0072　東京都千代田区飯田橋２－７－３
電話　03-3264-1576（代表）
03-3234-6301（編集）
http://www.takeshobo.co.jp
印刷・製本……………………… 中央精版印刷株式会社

■本書の無断複写・複製・転載を禁じます。
■定価はカバーに表示してあります。
■落丁・乱丁の場合は当社までお問い合わせ下さい。
ISBN978-4-8019-2270-9　C0193